Im winterlichen Paris unserer Tage kreuzen sich die Lebenswege von sechs Menschen. Sie alle sind jüdischer Herkunft. Da ist die junge Violette, die der Soldatentod ihres Mannes und der Tod der Mutter in tiefe Verzweiflung gestürzt haben. Ihr Nachbar Émile Hortchak, Mittfünfziger und an-gesehener Sprachwissenschaftler, gehört zu den wenigen Menschen, denen sie zu ihrem Haus und Leben Zutritt gewährt. Beim gemeinsamen täglichen Frühstück verliebt er sich in sie und träumt, vergeblich, von einer gemeinsamen Zukunft; die Freundschaft mit Violette weckt bei ihm Erinnerungen an eine Liebesbeziehung mit Folgen. Aber da sind auch Gabriel Schwartz, der glaubt seinen Vater in Émile zu erkennen, und Hortchaks Jugendfreund Dan, der das Siechtum seiner krebskranken Ehefrau Sonja erlebt. Und schließlich gibt es da noch die Amerikanerin Harriet, Hortchaks Sekretärin, deren Leidenschaft Gabriel Schwartz aus seinem streng geregelten Alltag entführt.
In einer Nacht, auf einem Fest, treffen all diese Figuren wie zufällig zusammen – ihre Lebenslinien kreuzen sich, verbinden sich oder laufen nach langen Jahren der Verflechtung für immer auseinander. Der mitreißende Roman einer jungen französischen Autorin.

Agnès Desarthe wurde 1966 in Paris geboren. Mit 22 Jahren veröffentlichte sie ihren ersten Roman für Erwachsene. Darauf folgten Kinder-, Jugendromane und Bilderbücher. Sie lebt mit ihrer Familie in Paris.
Im Fischer Taschenbuch Verlag sind erschienen: ›Flüchtige Augenblicke des Glücks‹ Bd. 14697, sowie die Kinder- und Jugendbücher ›Verliebt? Ich doch nicht!‹ Bd. 80060, ›Reim für mich, dann küss ich dich‹ Bd. 85028, ›Ein ganz starker Typ‹ Bd. 80278, ›Verliebt noch mal!‹ Bd. 85056 und ›Lionel wie Karamell‹ Bd. 85078.

Unsere Adresse im Internet: www.fischer-tb.de

Agnès Desarthe

Ein Geheimnis ohne Belang

Roman

Aus dem Französischen von
Christiane Seiler

Fischer
Taschenbuch
Verlag

Limitierte Sonderausgabe
Veröffentlicht im Fischer Taschenbuch Verlag GmbH,
Frankfurt am Main, Januar 2001

Lizenzausgabe mit freundlicher Genehmigung
des Alexander Fest Verlags, Berlin
Die Originalausgabe erschien 1996
unter dem Titel ›Un secret sans importance‹
im Verlag Éditions de l'Olivier Le Seuil, Paris

Gesamtherstellung: Clausen & Bosse, Leck
Printed in Germany
ISBN 3-596-50384-1

Meinem Großvater
Boris Jampolski gewidmet

Jeder glaubt, ein Geheimnis zu haben. Für die einen ist es Schmerz, für die anderen ist es Freude. Doch das ist ohne Belang, denn eines Tages wird eine gleichgültige Hand kraftlos vom Himmel kommen und sie auflesen.

I

Als Émile Hortchak bei den Jabrowskis eintrat, schlug ihm der Geruch gebratener Zwiebeln entgegen. Dan begrüßte ihn mit weit geöffneten Armen. Er kam ihm winziger und faltiger vor als gewöhnlich. Seine Frau Sonja saß im Salon. Sie hatte die Hände auf den Knien gefaltet und den Blick gesenkt, als suchte sie auf dem Teppich nach einer heruntergefallenen Haarnadel.

»Komm rein, alter Freund«, verkündete Dan mit unangebrachtem Überschwang.

Émile rührte sich nicht.

Dan ließ die Arme an seinen kleinen, mageren Oberkörper zurücksinken.

»Was ist denn los?« fragte er. »Bleib doch nicht wie angewurzelt in der Tür stehen.«

Sonja hob den Kopf und beugte sich leicht zur Seite. Sie wollte sehen, was an der Haustür vor sich ging.

»Doktor Hortchak scheint von einer plötzlichen Lähmung befallen«, stellte Dan fest. »Ruf den Rettungswagen!«

»Es riecht nach Zwiebeln«, erklärte Émile in einem Tonfall, in dem andere gesagt hätten: »Es riecht nach rohem Fleisch.«

Dan packte ihn am Arm, zog ihn ins Haus und flüsterte: »*Kotletki*, Alter. Nur für dich. Sonja ist ein bißchen müde, also habe ich die Zwiebeln geschnitten. Seit dreiundfünfzig Jahren habe ich nicht mehr so geweint.«

Sonja stand nicht auf, als die beiden Freunde in den Salon kamen. Émile beugte sich zur Begrüßung zu ihr hinunter, und sie schlug erneut die Augen nieder. »Meine Hochachtung, Madame Jabrowski«, sagte er, sich verneigend.

Sie wedelte zerstreut mit der Hand, als wollte sie sacht ein allzu lebhaftes Kind verscheuchen.

»Was möchtest du trinken?« fragte Dan und legte die Hände auf die Schultern seines Freundes, der ihn um gut einen Kopf überragte.

»Dasselbe wie du«, antwortete Émile.

»Ich habe gerade Tee gemacht«, sagte Jabrowski auf dem Weg in die Küche.

Émile verzog angewidert das Gesicht und ließ sich Sonja gegenüber in einen Sessel fallen.

»Zitrone?« rief Dan aus der Küche herüber.

Émile nickte, obwohl Jabrowski ihn nicht sehen konnte. Gern hätte er ein höfliches Gespräch mit Sonja begonnen, aber er hatte nicht die leiseste Ahnung, was eine Frau wie sie interessieren könnte. Sie schaute ihn ohne zu lächeln an, die Hände immer noch auf den Knien verschränkt. In ihren schwarzen, mandelförmigen, von langen Wimpern gesäumten Augen lag ein Ausdruck von Erschöpfung, Sanftheit und Übermut, der Émile erschreckte.

Jedesmal, wenn er mit ihr allein gewesen war, hatte er

sich ähnlich unbehaglich gefühlt. Er erinnerte sich noch gut an ihre erste Begegnung. Damals waren sie jung gewesen, und Hortchak war furchtbar erschrokken, als Dan ihm seine Verlobte vorstellte: eine kleine gläubige Jüdin mit Perücke und Kopftuch, die ihre Beine zu jeder Jahreszeit in dicken weißen Strumpfhosen versteckte. Sie machte den Mund nicht auf, ihr Blick jedoch war heiter und aufrichtig. Im Café eröffnete Hortchak seinem Freund, daß er seine Zukünftige sehr schön finde. Dan brach in Gelächter aus: »Tu dir keinen Zwang an«, sagte er. »Das kannst du nicht verstehen.« Sie hatten rasch das Thema gewechselt. Doch die Verletzung, die Hortchak in diesem Moment gespürt hatte, war nie mehr verheilt.

Als Dan mit einem Tablett voller Tassen zurückkam, konnte sein Gast einen erleichterten Seufzer nicht unterdrücken.

»Na, was macht das Institut?« fragte Jabrowski und schenkte den Tee ein.

»Auf dem absoluten Tiefpunkt«, antwortete Émile. »Ich warte auf die Ergebnisse einer Umfrage zu Aphasikern über Sechzig. Wir hatten eine Computerpanne, die uns völlig lahmgelegt hat.«

Inzwischen hatte Sonja sich erhoben und war wortlos zur Garderobe gegangen, um ihren Mantel zu holen. Dan bedeutete seinem Freund, er solle weiterreden, ohne sie zu beachten.

»Wir organisieren ein Fest zum fünfzigsten Geburtstag der Verwaltungsdirektorin. Alle reden nur noch davon, wie viele Pappteller man kaufen muß. Kommt ihr

auch?« Émile erhob plötzlich die Stimme, als richtete er seine Frage vor allem an Sonja.
»Mit Vergnügen«, antwortete sie ruhig, bevor sie die Tür hinter sich zuzog.

SONJA GING LANGE spazieren; die Arme hatte sie um den Körper geschlungen. Jedes Gelenk tat ihr weh, ihr Herz war schwach. Vor der Grünanlage machte sie halt, legte eine Hand an die Wange und lächelte den Kindern zu, die den Tauben hinterherliefen und dabei ihre kleinen, in Anorakärmeln steckenden Arme wie Flügelchen schlugen. Sie stieß das Gittertor auf und setzte sich auf eine Bank. Neben ihr unterhielten sich zwei junge, Zigaretten rauchende Mütter. Mit der Hand fächelte sie den Rauch, der ihr in den Augen brannte, beiseite. Die jungen Frauen reagierten nicht. Gerade sagte die eine zur anderen, daß sie sich nicht mehr so wie früher fühle. Sie vermisse ihre Freiheit, die Zeit, als die Stunden noch nicht abgezählt waren. »Manchmal könnte ich Julien aus dem Fenster werfen. Ist das nicht schrecklich?« fragte sie. »Nein, das ist vollkommen normal«, antwortete die andere. »Ich glaube, wir alle empfinden für unsere Kinder eine Haßliebe.« Sonja verschluckte sich und hustete. »Ich bin froh, daß ich geheiratet habe«, fuhr die erste fort. »In gewisser Weise gibt mir das Sicherheit, trotzdem glaube ich, daß ich demnächst mal ein Abenteuer brauche. Ja, ich denke, jetzt ist es wohl soweit.« Ihre Freundin nickte zustimmend, während sie heftig den Rauch einzog. »Genau, ich bin ganz deiner Meinung«, ant-

wortete sie. »Mein Körper hat schon genug gelitten. Ich muß jetzt wirklich wieder zu mir selbst finden. Natürlich mag ich Denis furchtbar gern, das ist nicht das Problem, aber … Kann ich dir ein Geheimnis anvertrauen?« Sie fing an zu glucksen.
Im selben Augenblick stolperte der kleine Julien über einen Kieselstein, schlug der Länge nach hin und fing sofort an zu schreien. Sonja sprang von der Bank auf, um ihm zu Hilfe zu eilen, doch die junge Mutter war schneller. Sie schob ihrem kleinen Sohn die Arme unter Kopf und Kniekehlen, hob ihn auf und ließ ihn in der Luft kreisen. Sobald sie sich wieder hingesetzt hatte, gab sie Sonja zu verstehen, daß ihr kleiner Verwundeter mehr Platz brauche, um sich auszustrecken. Sonja lächelte dem Kind zu; die Tränen hatten graue Streifen auf seinen rosigen Wangen hinterlassen. »Taube«, sagte er zu ihr. Sie nickte und machte sich erleichtert auf den Heimweg. Es blieb für sie auf der Erde nicht mehr viel zu tun.

WENIGE METER ENTFERNT saß Gabriel Schwartz auf einer Bank und richtete sein Mikrofon aus. Er wollte möglichst alles einfangen, was die Müßiggänger dort sagten. Aber sie durften ihn nicht bemerken. Es war ihm sehr wichtig, daß die Äußerungen, die er auf diese Weise sammelte, spontan waren. Sobald der Titel seiner Doktorarbeit feststand, war ihm klargeworden, welche Aufgabe er sich damit aufgebürdet hatte: *Zur sprachlichen Struktur des Mißverständnisses*. Er beugte sich über den Kassettenrekorder, um ihn zu verstecken,

und hielt ständig die Hand vor sein Gesicht. »Inkognito«, sagte er zu sich selbst. Am liebsten wäre er wie ein Spion mit der Umgebung verschmolzen. Außerdem wußte er genau, falls er den Kopf höbe, müßte er unweigerlich die beiden jungen Mütter anschauen. Das durfte er nicht. Man betrachtet eine junge Mutter, erfreut sich an dem unaufhörlichen Lächeln, mit dem sie ihr Kleines bedenkt, bewundert ihre Nachgiebigkeit, erschrickt über ihre Ungeschicklichkeit; das Ende vom Lied ist, daß man ihr um den Häuserblock nachläuft und ihre Hüften mustert. Wären sie doch bloß verschwunden, einfach vom Wind verweht.
Er mußte sich entscheiden. Doch er kannte sich gut genug, er wußte, daß die geringste Ablenkung ihm willkommen wäre, um den Augenblick der Entscheidung aufzuschieben. Wenn der Spatz, der zu seinen Füßen pickte, binnen drei Sekunden wegflöge, würde er seinen Doktorvater anrufen. Während er zählte, wackelte er in seinen Schuhen mit den Zehen; er hoffte, die Erschütterung würde den kleinen Vogel aufschrecken. Er verlängerte weiß Gott die Sekunden, aber bei vier scharrte der Spatz immer noch beharrlich zwischen den Steinchen nach Eßbarem. Plötzlich stampfte Gabriel mit dem Fuß auf. Ein Schwarm Tauben, die sich ihrem kleinen Vetter zugesellt hatten, flog mit lautem Flügelschlagen davon und suchte Schutz in einer Platane. Gabriel schüttelte den Kopf. Pech für die Doktorarbeit; statt dessen würde er zu seinem Großvater gehen. Er rollte das Mikrofonkabel auf, nahm die Kassette heraus und schrieb mit Kugelschreiber auf

das Etikett: *Spielplatz, zwei Frauen, zwei Kinder, eine Oma.*

Der Grossvater war in den Hungerstreik getreten, als Gabriel ihn verlassen hatte, um allein zu leben. Gabriel hatte ihm gesagt: »Was bringt dir das? Ich komme nicht zurück. Durch Erpressung wirst du mich auch nicht halten.«

»Ich dich erpressen«, hatte der alte Mann gesagt, mit seinem jiddischen Akzent, der sich auch nach fünfzig Jahren Paris noch nicht verflüchtigt hatte. »Wer hat denn hier mit der Erpressung angefangen? ›Wenn ich kein eigenes Zimmer habe, werde ich meine Doktorarbeit nicht abschließen. Wenn ich meine Doktorarbeit nicht abschließe, werde ich als Penner enden, weil ich nichts anderes gelernt habe ...‹ Und ich soll derjenige sein, der dich erpreßt?« Gabriel versetzte einem der Küchenstühle einen Tritt. Der Stuhl flog scheppernd quer durch den Raum über den Fliesenboden. »Gewalt ...«, murmelte sein Großvater, während er seine Pfeife anzündete, »ist Gewalt alles, was ihr kennt? Bei deiner Mutter, Irina, war es genau dasselbe, hörst du? Deine Mutter war genauso und ihre Mutter ebenfalls. Die Saat der Gewalt. An unserem Hochzeitstag hat Rebekka einen Teller auf meinem Kopf zerschlagen, weil ich sie nicht mit dem gebührenden Respekt behandelt hatte. Nicht, was du denkst. Sie hat mir den Teller übergebraten, weil ich sie *mein kleines Zicklein* genannt habe. ›Da siehst du, aus welchem Holz ich geschnitzt bin‹, sagte sie, während sie auf meinen Schädel einschlug. Das ist das böse Blut! Engelsgesicht und Schlangenkopf. Immer dasselbe: Rebekka, Irina und jetzt du. Paß auf, Kleiner«, fügte der Greis hinzu und richtete sich mühsam auf, mit finsterem Blick und zusammengebissenen Zähnen. »Gewalt bringt Gewalt hervor; sie sind alle tot, aber ich bin immer noch da!« Er hatte sich mitten in der Küche aufgebaut und schrie es aus sich heraus. Tränen kullerten in seinen Bart. Gabriel nahm ihn bei den Schultern und drückte ihn fest an sich. »Ich werde nie sterben, hörst du, niemals. Na, ißt du jetzt was?« Der Greis setzte sich wieder hin und teilte sich unter gelegentlichem Schniefen mit seinem Enkelsohn einen Teller Salzheringe.

Gabriel besuchte ihn immer noch regelmäßig dreimal in der Woche. Er kaufte für ihn ein, räumte auf, bügelte seine Hemden und reparierte seine Brille. Ein paarmal hatte er ihn in seine Wohnung eingeladen, aber der Alte weigerte sich beharrlich. »Ich will deinen Kram nicht sehen«, war seine Begründung. Gabriels Zimmer war immer bewundernswert ordentlich. Das Parkett glänzte und duftete nach Bohnerwachs, die Waschbekken waren mit Sanitärreiniger gescheuert, der Kühlschrank stand voller Gurkengläser, in zwei tadellosen Reihen wie ein Bataillon Soldaten, das zum Appell angetreten waren.

Als Gabriel jetzt die Tür zum Garten seines Großvaters öffnete, wo er als Kind stundenlang in der Erde nach einem Schatz gegraben hatte, schwor er sich, am nächsten Tag seinen Doktorvater anzurufen.

2

Violettes Absätze versanken im feuchten Boden. Sie dachte: *Im Augenblick gibt es mehr unter der Erde als darüber.* Traurig betrachtete sie die Irisknollen. In der Zinkwanne waren noch drei davon übrig. Man hätte sie in einer Reihe neben die anderen setzen müssen, aber Violette war erschöpft. Es wunderte sie, daß sie so bekümmert und verzweifelt war, nur weil dreizehn Irisknollen wie totgeborene Kinder in der Erde steckten. Sorgfältig trocknete sie die Hände an ihrer Schürze. Mit der Schürze deckte sie die Wanne ab, um ihre zukünftigen Pflanzungen vor der Kälte zu schützen. Dann ging sie durch die Küchentür ins Haus zurück. Sie mußte sich selbst davon überzeugen, daß der Einbruch der Nacht keine Katastrophe war. Eine Katastrophe wiederholt sich nicht alle vierundzwanzig Stunden.

Einen Augenblick lang betrachtete sie das Telefon und flehte es insgeheim an zu läuten, dann stellte sie es in eine Schublade. Sie zog die Schuhe aus und ging ins Badezimmer. Während sie ihr dichtes schwarzes Haar kämmte, überlegte sie, warum sie nach einem Besuch bei ihrem Chiropraktiker immer so traurig war. Alles war dort wie immer gewesen. Sie hatte sich in der kleinen Kabine in der hinteren rechten Ecke des Sprechzimmers entkleidet; dann hatte sie sich auf den Behandlungstisch gelegt, mit starr zur Zimmerdecke gerichtetem Blick.

»Wie geht's denn heute?« hatte er gefragt.

»Gut«, war ihre Antwort gewesen.

»Keine Verspannungen, keine Migräne?«

Sie schüttelte den Kopf. Er massierte mit den Fingerspitzen ihre Halswirbel und legte ihr dabei von Zeit zu Zeit die flache Hand auf den Scheitel. Sie fühlte, daß er gern etwas gesagt hätte. Anstatt zu schweigen, hätte sie ihm besser irgend etwas erzählen sollen. Bei ihrer ersten Sitzung hatte er sehr zärtlich zu ihr gesagt: »Merkwürdig, Sie haben einen geradezu kindlichen Körper.«

Sie erwiderte nichts.

»Es ist Ihnen doch nicht peinlich, wenn ich das sage?«

Sie schüttelte nur den Kopf.

»Ich spreche hier selbstverständlich nur in meiner Funktion als Fachmann. Ich will nicht sagen, daß Sie keine Formen haben.« Bei diesen Worten lachte er; Violette schloß die Augen. »Es liegt an Ihrer Haut. Sie haben eine unglaublich glatte Haut, wie ein kleines Mädchen. Verstehen Sie, was ich meine?«

Violette fühlte sich wie gelähmt. Ihre Finger klammerten sich an den Rand der Matratze, ihre Zehen waren verkrampft. Ihr fiel keine Antwort ein. Ihr fiel nur auf, daß auch er wie ein kleiner Junge aussah. Es erschien ihr unpassend, daß sie ihn »Dr. Fabre« nannte und er sie mit »Madame Opass« anredete. Es war ebenso dumm wie traurig. Diese Konventionen machten einem nicht gerade Lust auf die Krankheit. Sie entschied kurzerhand, daß sie vollkommen gesund war, und tröstete sich damit, daß sie die nächste Behandlung absagen würde.

In diesem Augenblick läutete das Telefon. Die Schublade verstärkte das Klingeln wie ein Resonanzkörper. Sie fuhr auf, stürzte zur Kommode, holte den Apparat aus seinem Versteck und nahm atemlos ab.

»Hier Hospital Berthollet, psychiatrische Ambulanz.«

»Ja?«

»Madame Opass?«

»Am Apparat.«

»Professor Vitrier möchte gerne wissen, ob die Krankenschwester Sie heute besucht hat.«

»Nein, heute nicht.«

»Sie sind doch nicht etwa ausgegangen?«

»Doch, selbstverständlich.«

»Wie oft muß ich Ihnen denn noch sagen, daß Sie sich nicht überanstrengen sollen, Madame Opass?«

Violette senkte den Kopf und spürte ihr Kinn zittern.

»Ich war bei der Gymnastik.«

»Sie wissen doch, daß es auch Hausbesuche gibt. Sie haben einen Anspruch darauf, in Ihrem Zustand.«

Welcher Zustand, überlegte Violette. Doch mit Vitriers Sekretärin zu streiten war aussichtslos; sie hatte kaum mehr Verstand als ein Regenwurm.

»Soll ich jemanden vorbeischicken?« begann die Sekretärin von neuem.

»Nein, es wird schon gehen.«
»Aber Ihre Tabletten? Die nehmen Sie doch, oder?«
»Ja.«
»Versprochen? Mit Veronique, der Neuen, die eigentlich zu Ihnen kommen sollte, haben wir große Schwierigkeiten. Sie müssen uns Bescheid sagen, wenn sie nicht kommt. O.K.?«
»O.K. Ich würde gern kurz mit Professor Vitrier sprechen.«
»Oh, ich fürchte, er ist gerade sehr beschäftigt.«
»Na schön. Grüßen Sie ihn von mir.«
Violette legte auf und ließ den Kopf in die Hände sinken. Warum nur ließ sie sich von dieser blöden Sekretärin so behandeln? Sie war jung, und das ganze Leben lag noch vor ihr. Zumindest hatte Professor Vitrier das im Krankenhaus immer zu ihr gesagt.
Wenige Stunden nach der Beerdigung hatte der Krankenwagen sie abgeholt. Violette war nicht darauf gefaßt gewesen. Auf dem Friedhof war sie entschlossen in das offene Grab ihrer Mutter gesprungen. Ihr Cousin hatte sie geohrfeigt. Dadurch war sie sofort wieder zur Besinnung gekommen und hatte sich entschuldigt.
»Ich bin wohl plötzlich durchgedreht«, hatte sie dem Krankenpfleger erklärt, der im Wagen neben ihr saß.
»Das passiert jedem mal«, hatte er darauf erwidert und mehrmals dabei genickt.
Während der Fahrt spielten sie Karten; Violette gewann drei von vier Partien. Leider hatte sie ihn nach ihrer Ankunft im Hospital nicht mehr wiedergesehen.

Violette stellte das Telefon in die Schublade zurück, nahm die Pillendose heraus, die direkt daneben stand, nahm zwei Tabletten in die Hand und warf die erste hoch. Sie versuchte, sie mit weitgeöffnetem Mund aus der Luft zu fangen. Die Tablette fiel zuerst auf ihr Kinn, dann auf den Boden. Die zweite nahm denselben Weg und kullerte neben das Tischbein. Sie wußte, was passierte, wenn sie die Tabletten nicht nahm. Einmal hatte sie es vergessen. In jener Nacht hatte sie furchtbare Träume gehabt, herrlich furchtbare. Als sie damals aufgewacht war, hatte sie einen so klaren Kopf gehabt, daß es sie fast um den Verstand gebracht hätte. Sie hatte die Hände aufs Gesicht gelegt, und die Berührung ihrer Wangen mit den Handflächen hatte sie in einen Rauschzustand versetzt. Sie war wiedergeboren. Danach mußte sie sich natürlich damit herumschlagen, was die Ärzte »ihren Wahnsinn« nannten. Er fing an, ihr zu gefallen. Sie brauchte sich nur hinzulegen, und schon flüsterte ihr eine Stimme ins Ohr. Sie wußte, wenn es ihr gelänge, die Angst zu verjagen, würden längst vergessene Freuden auf sie warten.

Vitrier hatte gesagt: »Sie müssen diese Gedanken aus Ihrem Kopf verbannen. Sie haben für Ihre Mutter alles getan, was Sie konnten. Sie haben nichts zu bereuen.« Was schadete es denn, wenn man sich erinnerte? »Das ist krankhaft, Violette. Hören Sie auf, an das Vergangene zu denken. Die Vergangenheit ist der Tod. Sie müssen sich dem Leben zuwenden.« Aber es war sehr schwer, an die Zukunft zu denken. Wie sollte sie das anstellen, wenn kein einziges Bild davon in ihrem Kopf erschien; es war entmutigend. Und wartete am Ende der Zukunft nicht auch der Tod? Sie wußte genau: Vor ihrer Geburt gab es eine Art Nichts, aber nicht das Nichts des Todes. Es entglitt ihr unmerklich. Bei jedem Versuch, dem Lauf der Zeit rückwärts zu folgen, mußte man ihn unausweichlich verlieren. Es gab weder ein Vorher noch ein Nachher, nur einen Augenblick, so wenig greifbar wie der des Einschlafens.

Als sie in ihrem Bett lag, reckte sie Arme und Beine, als wollte sie die Gespenster, die sich womöglich unter ihrem Laken verbargen, vertreiben. Alle, ihre Familie und ihre Nachbarn, hatten ihr davon abgeraten, in dem kleinen Haus ihrer Mutter zu bleiben. Doch für sie war dieser Ort tröstlich. Sie hatte sich nie daran gewöhnen können, allein zu schlafen, und stieß in ihren Alpträumen lieber auf den kalten und trockenen Körper der nunmehr ungefährlich gewordenen alten Frau, als daß die Erinnerung an die warme, weiche Haut ihres jungen Ehemannes sie im Schlaf liebkost hätte. Jeden Morgen wäre sie, das Herz voll Zorn und Bitterkeit, erwacht, weil man ihn ihr so früh weggenommen hatte.

DIE TÜRKLINGEL riß sie aus dem Schlaf. Sie griff nach dem Wecker und blinzelte, um die roten Ziffern auf dem schwarzen Zifferblatt lesen zu können. Neun Uhr. Ohne sich zu räkeln, schlüpfte sie in ihre Hausschuhe und ging durch die Küche.

»Wer ist da?«

»Der Papst«, antwortete die Silhouette, die sich wie ein Schattenriß hinter der Milchglasscheibe abzeichnete.
»Ich warne Sie, ich bin noch im Nachthemd«, sagte Violette und legte die Hand auf die Türklinke.
»Ich mache die Augen zu.«
Violette öffnete ihrem Nachbarn die Tür. Émile Hortchak stand mit geschlossenen Augenlidern in Habachtstellung vor ihr. »Rührt euch!« befahl sie.
Die Augen noch immer geschlossen, ging er einen Schritt vorwärts. »Guten Tag, Frau Nachbarin«, sagte er, jede Silbe einzeln betonend.
Violette wandte sich ab und ließ den Blinden sich allein in der ihm wohlbekannten Küche zurechtfinden. Seit einem Monat kam er jeden Morgen pünktlich um neun Uhr und trank mit ihr Kaffee. Dieses Ritual war im stillen entstanden. Das erste Mal war Hortchak auf der Straße vor Violettes Gartenzaun stehengeblieben. Es erstaunte ihn, daß eine so junge Frau wie eine Besessene die Erde umgrub. Bisher hatte er hinter dem Zaun immer nur die wenig vielversprechende Gestalt einer älteren Dame wahrgenommen, die mit gesenktem Blick zwischen den Sträuchern und spärlichen Blumenbeeten umherspazierte. Violette hatte aufgeschaut, und ihr Blick war dem Émiles begegnet. »Geht's voran mit dem Gärtnern?« hatte er etwas unbeholfen gefragt.
»Ja«, antwortete sie leicht außer Atem, »oder vielmehr nein, eigentlich nicht. Die Erde ist ganz ausgetrocknet. Es macht große Mühe, sie umzugraben.« Violette wischte sich mit der Hand die Stirn ab. Ihre Wangen waren gerötet, ihr schwarzes Haar bildete eine Art Hei-

ligenschein um ihr kindliches Gesicht. Hortchak fand sie hübsch, daher bot er ihr seine Hilfe an.
Lange Zeit hatte sie ihn im Verdacht gehabt, ein Abgesandter des Hospitals zu sein, ein vom Feind geschickter Spion. Er war ein miserabler Gärtner; also gaben sie die gemeinsame Gartenarbeit bald zugunsten langer Plauderstunden auf. Stand nicht auf seinem goldenen Türschildchen, er sei ein Doktor? »Doktor schon, aber Doktor der Sprachwissenschaft«, hatte er beim gemeinsamen Frühstück erläutert. »Doktor ist Doktor«, war ihre trockene Antwort. »Da kenne ich mich aus.«
Émile fand tastend einen Stuhl und setzte sich in die Nähe des Tisches. »Wo bleibt denn der Kaffee, Frau Wirtin?« fragte er, vorsichtig mit dem rechten Augenlid blinzelnd. Routinekontrolle, entschuldigte er sich vor sich selbst für seine Indiskretion. Violette wandte ihm den Rücken zu. Das Nachthemd entblößte ihre rechte Schulter. Ihr goldfarbener Nacken verschwand unter einer Flut schwarzen Haares, das zu einem lockeren Knoten gebunden war. Von hinten hätte man sie für ein dreizehnjähriges Mädchen halten können. Drehte sie sich um, so traten ihre Gesichtszüge auch dann nicht in Widerspruch zu diesem ersten Eindruck; nur eine winzige Falte zog auf ihrer linken Gesichtshälfte eine fast unsichtbare Spur vom Nasenflügel zum Mundwinkel. Hortchak hätte alles dafür gegeben, diese Linie befragen zu dürfen. »Welcher Wunde Narbe bist du?« hätte er, die Falte mit der Fingerspitze nachzeichnend, gemurmelt. Bei dem Tausch habe ich

nichts verloren, sagte er zu sich, in Gedanken an die dicke, gestrenge Alte, die zehn Jahre lang seine Nachbarin gewesen war. Wie war es möglich, daß eine plumpe Bauerntruhe ein derart niedliches Sammlerstück hervorgebracht hatte? Genetik war entschieden nicht seine Stärke.

»Herr Hortchak«, hörte er sie entschlossen sagen, »ich muß Sie um einen Gefallen bitten.«

»Alles, was Sie wollen, liebes Kind.«

»Schwören Sie mir, die Augen nicht zu öffnen, bevor ich meinen Morgenmantel angezogen habe.«

»Ich bin doch kein kleiner Junge mehr.«

»Eben, das ist ja das Problem.«

Émile Hortchak lächelte. Er mochte es, wenn sie ihn grob behandelte, mit ihm wie mit einem Kind redete. Dabei hätte er – doch nein, das war übertrieben: Er hätte nicht ihr Vater sein können. Er war, wie man so sagt, in den besten Jahren, aber er fühlte sich vom Greisen- und vom Jünglingsalter gleichermaßen entfernt. Er bedeckte die Augen mit den Händen. Bei dieser Haltung, die er wohl seit vierzig Jahren nicht mehr eingenommen hatte, ergriff ihn ein unerwartetes Entzücken, und er rief: »Ich sehe nichts mehr, nicht einmal das Licht.«

Violette zuckte mit den Achseln. Während sie den Schrank auf- und wieder zumachte, begann Émile Hortchak, die Hände noch immer vor den Augen, über sich selbst nachzudenken. Etwas an dieser Frau bewirkte, daß seine Kinderjahre einen nie geahnten Zauber bekamen. Es hatte ihn immer brennend danach verlangt, ein Mann zu werden. Schon früh hatte er sein Kinn nach dem ersten Barthaar abgesucht. Es würde der erste Schritt auf dem Weg zum *Menschen* sein, und darin sah er die eigentliche Bestimmung seines Lebens. Die ersten Anzeichen der Pubertät ließen ihn auf Erlösung hoffen. Das Tor des Lebens öffnete sich. Er hatte seine Spielsachen in eine Kiste gepackt und diese dann, meterweise Bindfaden verschwendend, fest verschnürt. Auf die Frage seiner Mutter »Und was ist mit deinen kleinen Brüdern?« hatte er geantwortet: »Frau, sei still.« Das hatte ihm die erste und letzte Ohrfeige seines Lebens eingebracht. Er hatte sie ihr sofort verziehen. Seiner Erzeugerin fiel es begreiflicherweise schwer zu verstehen, daß ihr kleiner Säugling nicht mehr der war, für den sie ihn hielt. Er hätte es ihr noch nicht einmal übelgenommen, wenn sie ihm noch am selben Abend eine Serviette um den Hals geknotet hätte, »damit er sich nicht mit der Suppe bekleckert«. Er wußte, daß ein Mann einsam und im verborgenen um seinen Platz im Leben kämpft.

Émile hatte damals einige endgültige Entscheidungen getroffen: auf der Straße weder zu rennen noch zu hopsen, zur Begrüßung und zum Abschied höflich zu nikken, anstatt zu winken. Diese neuen Gepflogenheiten hatten den Vorzug, seine Mutter zu entzücken; in ihren Augen hatte er sich endlich in einen wohlerzogenen kleinen Jungen verwandelt. Durch sein neues Verhalten hart geworden, unterzeichnete er Tag für Tag denselben Pakt. Hatte Faust seine unsterbliche Seele für einen Tag der Jugend verschachert, so hätte er die seine mit dem größten Vergnügen für einige Sekunden im Erwachsenendasein vergeudet.

Bis zu seiner Begegnung mit Violette hatte er es nie für nötig gehalten, erneut darüber nachzudenken. Das Kind, das er gewesen war, ruhte auf einem Friedhof, der säuerlich nach Käsekuchen roch und nach beschmutzter Bettwäsche. Als Jugendlicher hatte er sich ganz auf die Bücher gestürzt. Sein Gesicht, das für seinen Geschmack noch zu jung aussah, hatte er in Buchstaben- und Zahlenreihen vergraben. Ein langer, in einen schwarzen Totengräberanzug gekleideter Körper, der, je nach Laune, entweder von einem zweibändigen Lexikon oder einer mathematischen Abhandlung gekrönt wurde – so sah er sich damals selbst, so wollte er von allen anderen auch gesehen werden: der Mann mit dem Bücherkopf.

Später hatte er mühelos die ersehnte Stelle als Wissenschaftler bekommen, sicher dank des Wettstreits, den er sich über zehn Jahre lang mit den verknöcherten Bücherwürmern geliefert hatte. Wenn er nicht im Institut arbeitete, ließ er sich gern – ohne viel Gefühl und ohne allzu großen Schaden zu nehmen – von einer Frau zur anderen treiben. Jedes dieser Abenteuer war ein schwaches Spiegelbild seiner Entjungferung, die Evelyne, eine Freundin der Familie, mit äußerster Geschicklichkeit vorgenommen hatte. Nachdem Émiles Vater von Heim und Herd desertiert war, hatte sich diese Frau in den Kopf gesetzt, für ihre Freundin Zelda Hortchak einen in jeder Hinsicht ordentlichen Mann zu finden. Er sollte ihr helfen, ihren Stall kleiner Lausebengel zu erziehen. Jeden Mittwoch verbrachte Evelyne, die alle Vévé nannten, bei den Hortchaks. Und fast jedesmal schlug sie Zelda einen neuen Anwärter vor. Aber Zelda, die so übertrieben schamhaft war, daß sie ihre Schürze von morgens bis abends um ihre Taille gebunden trug, schlug nur die Augen nieder und schüttelte kläglich lächelnd den Kopf. Vévé war geschieden. Ihr Mann sei nach Amerika ausgewandert und habe vergessen, sie nachzuholen, war ihre ständige Beteuerung. Mit ihren vierundvierzig Jahren war sie so rundlich und pausbäckig, daß jeder sie für zehn Jahre jünger hielt. Hübsch war sie nicht: Ihre Nasenwurzel war zu breit, und die Augen standen so dicht beieinander, als hätten sie versucht, auf dem Knorpel, der sie voneinander trennte, Boden zu gewinnen; nur der Mund war zart, als stammte er aus einem anderen Gesicht. Doch sie hatte eine bewundernswert feine Haut, ungebändigtes, glänzendes Haar und diese unverwechselbare Ausstrahlung einer erfahrenen Frau. Das erleichterte Émile die Entscheidung, als Vévé ihn eines Mittwochs, während seine Mutter ausgegangen war, zu einem Spaziergang aufforderte.

Auf dem ganzen Weg zwischen der Wohnung der Hortchaks und Evelynes Haus hatten sie kein Wort gewechselt. Sie wußte, mit wem sie es zu tun hatte: mit einem hübschen intelligenten Jungen, der in Eile war und Schmeicheleien nicht nötig hatte. Bei ihr zu Hause angekommen, führte sie ihn in die Küche, setzte ihn lächelnd auf einen Stuhl und stellte sich rittlings über ihn, ohne auch nur ein Kleidungsstück auszuziehen.

Émile beeindruckte diese Effizienz: kein Zeitverlust, die nicht zu verachtenden Vorteile moderner Kleidung (Reißverschlüsse, Gummizüge), kein Gerede, nicht die Spur von Scham, die er beim Anblick eines nackten Körpers gefürchtet hatte. Seine Mutter erfuhr nichts davon, und ein Mittwoch folgte wieder auf den anderen, ohne daß Vévé jemals ihr Angebot wiederholt hätte. Sie hatte ihrer Meinung nach für diese Familie nun wirklich alles in ihrer Macht Stehende getan.

ÉMILES AUGENLIDER begannen zu kribbeln. Als Violette mit einem Rollkragenpullover und einer braunen Samthose bekleidet zur Tür hereinkam, sah sie, daß er seine Augen weit geöffnet hatte.
»Sie haben Ihr Versprechen nicht gehalten«, sagte sie vorwurfsvoll.
»Als ich die Tür gehen hörte, habe ich einfach gedacht, Sie seien fertig.«
»Und wenn ich nur etwas vergessen hätte?« fragte sie mißtrauisch.
»Na, dann hätte ich Sie eben im Nachthemd gesehen und wäre auch nicht daran gestorben.«
»Sie nicht, aber ich.«
»Auf die Art stirbt man nicht«, sagte er und bereute es im selben Moment. Denn er wußte, daß Violettes Mutter mit ihren sechzig Jahren genau so gestorben war: in ihrer Küche stehend, als sie das Frühstück bereitete.
Violette antwortete nicht. Sie machte sich immer viele Gedanken, und es kostete sie große Anstrengung, sich nichts anmerken zu lassen. Jetzt gerade bedauerte sie,

daß sie ihre Tabletten am vergangenen Abend nicht genommen hatte. Sie spürte das Leben wie eine Welle in sich zurückströmen, wußte nicht, wie sie die Flut ihrer Erinnerungen eindämmen sollte. Sie machte den Gasherd an und setzte Wasser auf.

»Was gibt's Neues, Herr Doktor?« fragte sie, sich einem Ritual unterwerfend, das ihr jeden Morgen dieselbe Frage abverlangte.

»Gute Neuigkeiten, nur die allerbesten. Mein Artikel über die grammatischen Einfügungen wurde ins Deutsche übersetzt. Es ist erstaunlich, welche Distanz entsteht, wenn man seine Ergüsse in einer anderen Sprache liest. Seit gestern scheint mir alles deutlicher.«

Violette nickte unbeteiligt. Ihre Gedanken waren ganz woanders. Sie saß in einem rosafarbenen Kleid, das ihre Mutter gestrickt hatte, an einem steinigen Hang. In einer Sprache, die sie jetzt nicht mehr verstand, rief sie jemandem etwas zu. Das Gesicht dieser Person wollte sich in ihrer Erinnerung nicht einstellen, dem Umriß nach zu urteilen, war es ein Kind wie sie.

»Aber ich langweile Sie ja mit meinem Gerede über die Einfügungen«, nahm Hortchak das Gespräch wieder auf.

Violette verneinte. Ihre weit aufgerissenen Augen blickten starr, als wäre sie beim Reden plötzlich in Trance gefallen. Ihr ganzer Körper war wie Eis.

»Eigentlich müßte das Wasser jetzt kochen«, rief er aus, um sie aus ihren Träumen zu reißen.

Violette sprang nicht, wie er erwartet hatte, auf. Immer noch auf denselben Punkt starrend, erhob sie sich und drehte sich schließlich auf dem Absatz um. Steif ergriff sie den Stiel des Topfes und kippte den Inhalt in den Ausguß. Émile schätzte sich glücklich, daß sie ihm das kochende Wasser nicht über den Kopf gegossen hatte. Vielleicht war sie am Ende doch ein wenig verrückt. Er hüstelte, denn er wagte nicht zu sprechen, und dann begann er, mit den Fingerspitzen auf den Tisch zu trommeln.

»Ich habe jetzt Lust auf einen kleinen Türken«, erklärte Violette bestimmt.

Émile lächelte beruhigt. Die zweideutige Formulierung amüsierte ihn. Laß mich dein kleiner Türke sein, dachte er, obwohl er sich gleichzeitig fragte, ob Geisteskrankheit wohl ansteckend war. Violette holte ein Kupferkännchen unter dem Spülstein hervor, maß das Kaffeepulver und den Zucker ab und blieb vorsorglich bei der Flamme stehen, um das dreimal erforderliche Aufkochen des Gebräus zu überwachen. Sie hatte keine besondere Lust auf einen türkischen Mokka, sie wollte sich nur möglichst lange Hortchaks Blicken und Fragen entziehen. Ihn einfach hinauszuwerfen, dazu war sie zu gut erzogen. Sie spürte, daß ihr der Boden entglitt. Es kostete sie große Anstrengung, sich zur Ruhe zu bringen, die Namen und Bilder zurückzuhalten, die hinter ihren starren Augen und geschlossenen Lippen herandrängten. Als sie zum dritten Mal beobachtete, wie die schwarzen Blasen sich kurz vorm Überkochen in der Mitte des Topfes sammelten, wurde sie von Grauen gepackt; sie nahm den Kopf zwischen die Hände.

Hortchak sprang auf und zog den Topf gerade rechtzeitig vom Feuer. Dabei verbrannte er sich die Hand und schrie auf. Er war immer schon wehleidig gewesen. »Scheiße auch«, schrie er.
Violette sackte zusammen und brach in Tränen aus. Ihm blieb keine Zeit zu reagieren. Er kam sich wie ein Idiot vor, als er hinter ihr stand. Seine Hand tat ihm weh, er konnte den Gedanken nicht unterdrücken, daß auch er allen Grund zum Weinen gehabt hätte. Violettes Schluchzen bereitete ihm Unbehagen. Gern wäre er einfach verschwunden, genau wie früher, wenn seine Mutter eines ihrer zahlreichen Kleinkinder am anderen Ende der Wohnung wimmern hörte und zu ihm sagte: »Schau nach, was der Kleine hat.« Soll er doch krepieren, dachte der kleine Hortchak jedesmal. Doch als dann eines der Gören wirklich das Zeitliche segnete, glaubte Émile, Gottes Hand drohend auf seiner Schulter zu spüren. Nachdem auch dieses Gefühl verschwunden war, haßte er seine jüngeren Brüder wieder aufrichtig, bis zu dem Tag, an dem er von zu Hause auszog. Widerstrebend wurde Hortchak erneut von diesem beschämenden Schmerz gepeinigt: nicht selbst der Leidende zu sein, der getröstet wird.
Weil er nicht wußte, was er tun sollte, nahm er Violettes Hand und half ihr beim Aufstehen. Die Zartheit ihrer Haut durchdrang ihn. Er zwang sich, nicht zu zittern. Schon oft hatte er Violettes runde Hände mit den kleinen, zarten, beweglichen Fingern beobachtet. Es waren die Hände einer Stickerin oder Beerenpflückerin, gemacht für Geduld erfordernde, nutzlose Arbeit.

Seine eigenen Hände erschienen ihm plötzlich dieser biegsamen, zarten Finger unwürdig. Violettes gekrümmte Hand, die sacht in der seinen lag, erinnerte ihn an den warmen, zerbrechlichen Körper eines Kükens. Er stand reglos und schweigend da, ohne die leiseste Ahnung, was er tun sollte.

In diesem Augenblick klingelte es. Violette schluchzte plötzlich verhaltener, und Hortchak ließ die Hand seiner Nachbarin fahren. Sofort fühlte er sich verlassen.

»Wer sind Sie?« fragte die junge Frau, die in der Tür erschien, gebieterisch.

Hortchak antwortete nicht. Er musterte den Eindringling mit der weißen Bluse: gerade abfallende Schultern, leblose breite Hüften, Schuhe mit dicken Ausgleichsohlen. Während er den Blick wieder zu ihrem Gesicht wandern ließ, kam ihm der Gedanke, daß eine dumme Frau wesentlich abstoßender ist als eine häßliche. Unter ihrer kraushaarigen Pferdeschwanzfrisur heftete die junge Frau ihre blaßblauen, wimpernlosen, stupiden Äuglein auf ihn. Jetzt bewegte sich ihr Mund mit der bösen Falte aufs neue.

»Was tun Sie hier?« fragte sie in einem Tonfall, den sie auch einem Affen gegenüber hätte anschlagen können.

»Doktor Hortchak«, sagte Émile so selbstsicher wie möglich und streckte ihr die Hand entgegen.

Die junge Frau reichte ihm die ihre; eine weiche, feuchte Hand. An ihrem skeptischen Blick merkte Hortchak, daß sie sich nicht an der Nase herumführen ließ. Sie war Krankenschwester, und Krankenschwestern können die wahren von den falschen Doktoren unterscheiden. Plötzlich wurde ihr bewußt, daß Violette tränenüberströmt auf dem Fliesenboden kniete, und sie drängte sich an ihm vorbei.

»Was haben Sie ihr denn angetan?« fragte sie ohne jedes Mitgefühl. Sie stellte ihr Köfferchen auf dem Tisch ab und blickte angewidert auf Violette herab.

»Nichts, ganz und gar nichts«, sagte Hortchak. Er haßte sich selbst, weil er sich schuldig fühlte und das heftige Bedürfnis verspürte, sich zu rechtfertigen. Er fuhr fort: »Sie war gerade dabei, Kaffee zu kochen, und plötzlich fing sie an zu weinen. Sie muß sich verbrannt haben.«

Die Krankenschwester heftete ihren trüben Blick auf ihn und kniff die Augen zusammen, was sie noch schwachsinniger aussehen ließ. Sie fragte: »Stehen Sie ihr nahe? Sind Sie ein Freund, Verwandter?«

Die Frage traf Émile unvorbereitet. Was war er in Wahrheit für Violette? Ein Freund? Nicht wirklich. Eher ein stiller Verehrer. Aber auch eine Art Verwandter.

»Ein Nachbar«, antwortete er nach kurzem Zögern.

»Also verschwinden Sie, ich bitte darum. Madame Opass braucht jetzt Ruhe«, raunzte die Krankenschwester. Sie tat gerade so, als hätte er geantwortet: »Ich bin Jack the Ripper.«

Inzwischen hatte Violette zu weinen aufgehört. Als sie hörte, was die Krankenschwester sagte, rief sie leise nach Hortchak. »Lassen Sie mich nicht allein mit ihr.

Sie ist verrückt; sie glaubt, ich sei verrückt. Sie wird Vitrier raten, mich wieder einzuweisen.«

»Aber sie hat gesagt, daß ich gehen soll«, flüsterte Hortchak.

»Sind Sie kein Mann? Lassen Sie sich doch etwas einfallen!«

»Was heckt ihr beiden da aus«, ertönte plötzlich die schrille Stimme der Schwester. Hortchak brauchte etwas Zeit zum Reagieren. Sein Hirn analysierte langsam alle Umstände. Schließlich fing er sich wieder, die Unentschlossenheit war verschwunden.

»Bitte lassen Sie uns allein, Mademoiselle. Wir haben noch etwas zu besprechen.«

Während er das sagte, öffnete er die Tür und wies mit einer kleinen Bewegung des Kinns zum Bürgersteig hinüber. Auf der Türschwelle drehte sich die Schwester noch einmal um und sagte mit breitem Grinsen: »Krach unter Verliebten, ich seh' schon.«

Émile Hortchak dachte zum ersten Mal im Leben, daß man gewissen Leuten das Lächeln verbieten müßte, ebenso wie unmusikalischen Menschen untersagt werden sollte, ein Liedchen zu trällern, weil das die Musik beleidigte.

Die Tür fiel ins Schloß. Violette kniete immer noch mit hängendem Kopf auf dem Fußboden. Hortchak fühlte sich nicht wohl in seiner Haut. Auf einmal tat es ihm um den verschenkten Vormittag leid. Er hatte wirklich anderes zu tun, als den Krankenwärter zu spielen. Er schaute auf seine Uhr: zehn vor zehn. Eigentlich müßte er jetzt im Bus sitzen. In einer Viertelstunde würde

Harriet das erste Mal bei ihm zu Hause anrufen. Harriet ... Wie gesund diese jungen Amerikanerinnen doch aussahen! Wie beruhigend das war! Wie sie ihr ein Meter fünfundsiebzig langes, leicht sonnengebräuntes Fleisch bewegte, ihre glänzenden Haare, ihre kompakten Brüste, ihr kräftiges Gebiß mit den fleischigen Lippen, ihre naiven Augen unter den leicht ironischen Augenbrauen; wenn man all das sah, fühlte man sich vor den zahlreichen Gefahren sicher, die die Menschheit bedrohten. Sollten die Atomkraftwerke ruhig reihenweise explodieren, das Ozonloch sich zunehmend vergrößern, die Polarkappe weiter schmelzen. Solange diese muskulösen Mädchen über den Planeten wanderten, gab es keinen Grund zur Beunruhigung. Harriet indessen regte sich über alles auf, über die geringste Verspätung, die nebensächlichste Bemerkung, die kleinste Abweichung vom idealen Tagesablauf. Sie war die verkörperte Perfektion. Ihr Rock knitterte nicht, sie hatte niemals Ringe unter den Augen, von morgens bis abends duftete sie nach Wiesen und Blumen. Hortchak hatte ihr nie den Hof gemacht. Er sah sie kaum an. Es reichte ihm, daß sie im Büro war. Es war gut zu wissen, daß hinter dem Schreibtisch ein großer, gesunder Körper atmete, den ein wohlgeordnetes Gehirn kontrollierte.

Da hob Violette den Kopf. Hortchak stellte fest, daß das Weiße ihrer Augen nicht blutunterlaufen war, sondern bläulich, wie ein Polarsee. In diesem Augenblick hätte er den ganzen Unsinn niederschreiben können, der jemals im Laufe der Jahrhunderte über die Augen der Frauen verfaßt worden war. Etwas schmerzte ihn, er wußte nicht, was; in diesem unfaßbaren Schmerz glaubte er ein uraltes Gefühl wiederzuerkennen; oder vielmehr eine Empfindung. Wie war das doch gleich? Er geht allein die Straße entlang, er ist noch nicht ganz erwachsen, es ist Frühling, die Knospen glitzern kristallen an den Astspitzen; ein frischer Wind streicht durch die warme, durchsichtige Luft, gerade wenn er den Mund öffnet, und er atmet in Einklang mit der Natur; er ist vollkommen glücklich, auf dem Rücken sträuben sich seidige Stacheln, die Beine sind blutleer, schwerelos, zum Wegfliegen bereit.

»Ich muß los«, sagte er, nachdem er erneut auf seine Uhr geschaut hatte.

»Sie werden doch wohl mal zwei Minuten zu spät kommen können, oder nicht? Ich dachte, Sie wären der Chef«, sagte Violette, sich erhebend.

»Das ist eine Frage des gegenseitigen Respekts«, erwiderte Hortchak, wohl wissend, daß er diese Antwort dem Wortschatz seiner Sekretärin entnahm.

»Und was ist, wenn sie wiederkommt?«

»Wer?«

»Die Neue, Véronique, die Krankenschwester.«

»Na und?«

»Wenn sie wiederkommt, wenn sie mich mit dem Krankenwagen zurücktransportieren, dann bringe ich mich um. Ich schwöre Ihnen, ich werde mir mit den Zähnen die Adern aufreißen.«

Hortchak erstickte das Lachen in einem Hustenanfall.

»Hat man Sie schon mal zwangseingewiesen?« fragte Violette, als würde sie eine Zugbekanntschaft fragen, ob sie schon einmal geflogen sei.

»Nein, nein, aber ich kann es mir vorstellen. Glaube ich jedenfalls. Ich bin einmal als Notfall ins Krankenhaus eingeliefert worden, wegen einer Bauchfellentzündung.«

»Nichts können Sie sich vorstellen, niemand kann das. Es ist so, als würden Ihnen Arme und Beine abgeschnitten. Den ganzen Tag lang bekommen Sie Medikamente, Medikamente, die verrückt machen.«

Hortchak seufzte, steckte die Hände in die Taschen und drehte sich ein wenig zur Seite, um aus dem Fenster zu sehen. Er wartete darauf, von ihr entlassen zu werden.

»Bis morgen, Hortchak«, sagte sie, »ich habe noch zu tun.«

Mechanisch reichte er ihr die Hand. Als Violette sie ergriff, wurde ihm bewußt, daß sie sich all die Tage vorher ohne Berührung verabschiedet hatten. Er hatte ihr die Hand gegeben, um vor dem Fortgehen noch einmal ihre Zartheit zu spüren.

Sie war froh, daß er sie endlich in Ruhe ließ, und lächelte ihm zu. Er fühlte, wie er dahinschmolz, überzeugt davon, daß auch sie eine einfache Berührung ihrer Haut genoß.

3

GABRIEL STIEG DURCH das Fenster in seine Wohnung ein. Er hatte seinen Schlüssel drinnen vergessen, dennoch hielt er nichts davon, seinen Großvater so früh schon zu stören. Er besaß die Geschicklichkeit eines Einbrechers. Mühelos bewegten sich Riegel und Scharniere unter seinen Händen. Den Vortag hatte er damit verbracht, in verschiedenen Rathäusern Geburts- und Sterbeurkunden zusammenzutragen, angeblich, weil er sie für ein Forschungsstipendium brauchte. Jedem Angestellten hatte er seinen Studentenausweis unter die Nase gehalten, als handelte es sich dabei um einen Passierschein. Niemand hatte ihm geglaubt, aber keiner konnte ihm etwas abschlagen. Sein Lächeln war grausam, er wußte, wie man Befehle erteilte. Sobald man ihm den geringsten Widerstand entgegensetzte, schlossen sich seine Lider so über den Augäpfeln, daß sie zugleich zu drohen und zu strafen schienen. Auf seinem Gesicht glaubte man zu lesen: Wenn Sie nicht tun, was ich sage, dann werde ich mir vor ihren Augen die Adern aufschneiden oder mir eine Kugel in den Kopf jagen – je nachdem, wie ich mich entscheide. Die ganze Nacht lang war er, halb erfroren und die Hände in den Taschen, durch die Stadt gelaufen.

Gabriel war ein entschlossener junger Mann. Er kleidete sich nur in Schwarz, ernährte sich ausschließlich von geräuchertem Fisch und eingelegtem Gemüse, trank täglich einen Liter schwarzen Tee, rauchte nicht, hatte niemals einen Tropfen Alkohol angerührt, sah den Mädchen immer zuerst in die Augen, bevor er sich für den Rest interessierte, und arbeitete täglich vier Stunden an seiner Doktorarbeit, nicht mehr und nicht weniger. Trotzdem wußte er, daß er nicht verrückt war. Er hätte auch anders leben können: hätte Freunde haben, mit ihnen ins Kino gehen, in Nachtclubs tanzen, mit Dutzenden von Frauen schlafen, Zeitungen lesen, auf Sommerterrassen Kaffee trinken und so lange dieselbe zerrissene Jeans tragen können, bis sie vor Dreck stand. Aber er haßte jede Zerstreuung. Sein Großvater hatte ihm bei dem Versuch, ihm seine Religion näherzubringen, nur deren Strenge spüren lassen. Hätte man ihm gesagt, daß er oben auf einer Säule leben, daß er sich täglich von einem Glas Wasser und einer Prise Salz ernähren müßte, um sein Ziel zu erreichen, er hätte es ohne Zögern getan. Er wußte selber nicht, was ihn trieb: Rachedurst, metaphysischer Mangel oder fehlende Liebe. Was es auch war, er nahm es gelassen, weil er keine andere Wahl hatte: Er mußte nicht nachdenken, um zu handeln, und er schätzte sich glücklich deshalb. Ihm waren all die Zweifel und all die Unentschlossenheiten unbekannt, die ihn eigentlich hätten zerfressen müssen, denn er war jung, schön und stark, und das ganze Leben lag noch vor ihm.

Er setzte sich an den Schreibtisch, stellte den Computer

an und begann, seine Literaturliste einzugeben. Auf dem Bücherregal, zwischen zwei Wörterbüchern eingeklemmt, blickte seine Mutter aus einem kleinen Silberrahmen zu ihm herüber – zu ewiger Jugend erstarrt, die sorgenvolle Stirn von einem Knoten blonder Haare gekrönt. Ihr Mund lächelte geheimnisvoll, unzufrieden und zärtlich zugleich. Er legte das Bild in seine Schreibtischschublade und machte sich daran, die Aufnahmen vom Vortag abzuhören. Auf *Kassette Nr. 3, Bahnhofscafé* hatte ein Mann fünfmal hintereinander gesagt: »Meine Leidenschaft duldet keinen Aufschub.« Gabriel spulte die Kassette bis zu der Stelle vor, wo eine Frauenstimme bat: »Ich hätte gerne einen Kaffee.« Der Kellner antwortete: »Wie bitte?«, und die Frau wiederholte: »Einen Kaffee bitte.« Als die Sonne durchs Fenster schien und ein goldenes Rechteck auf die Wand warf, räumte Gabriel seine Sachen weg. Zehn Uhr. Sein Arbeitstag war beendet.

Violette hielt einen Augenblick vor ihrer Zimmertür inne. Sie hatte Angst; Angst vor sich selbst. Sie fürchtete, wirklich verrückt zu sein, und diese Furcht war so erstaunlich klar und deutlich, daß sie beinahe zur Gewißheit wurde. Sie war jetzt schon zu lange allein. Ihr stand noch ein weiterer Monat Erholungsurlaub zu; Professor Vitrier hatte ihr damit entgegenkommen wollen, als sie ihm damals gesagt hatte, daß sie sich davor fürchtete, zur Arbeit zurückzukehren. Nur war das nicht die Wahrheit gewesen. Sie zitterte nicht etwa – wie sie vorgegeben hatte – vor Entsetzen bei dem Gedanken, ihre Kollegen würden sie mit einer Mischung aus Mitleid und Eifersucht empfangen, wenn deren Augen sagten: Ja, ja, bezahlte Ferien zahlen sich aus. Nein, sie hatte nur einfach keine Lust mehr zu arbeiten. Leiterin der Abteilung für Datenerfassung. Lieber hätte sie die kleinen weißen oder blaßgelben Schmetterlinge erhascht, die am Straßenrand entlangfliegen, als wollten sie einem den Weg weisen, oder nach den winzigen Blättchen gegriffen, die sich unermüdlich in den Baumwipfeln bewegen, auch wenn sich scheinbar kein Lüftchen regt. Lieber hätte sie die flüchtigen Bilder begriffen, die sich von Zeit zu Zeit in ihr Gedächtnis drängten und nach ihrem Verschwinden ein verwirrtes Lächeln auf ihren Lippen zurückließen; lieber hätte sie die verschwundenen Körper umarmt und nicht mehr losgelassen, damit man sie ihr nicht noch einmal entriß. Die Grenze schien so unscheinbar zu sein. Sie durfte sich bei diesem Gedanken nicht aufhalten, denn sie spürte, daß sie kurz davor war, diese Grenze zu überschreiten, nicht etwa die, die das Leben vom Tod schied, sondern die, die die geistig Gesunden von denen trennte, die im Innersten resigniert hatten und sich mit dem Kilogramm Zucchini unterhielten, das sie in ihrem Arm wogen. Dann würde sie jedenfalls nicht mehr den Mut aufbringen, sich Véronique zu widersetzen, sie würde ihre Tabletten wie empfohlen schlucken und sich mit einem um Verzeihung heischenden Lächeln einsperren lassen.

Sie holte tief Luft und betrat das Zimmer, drehte sich um sich selbst und ließ den Blick dabei über die rote

Daunendecke, die halb aus dem Bett hing, schweifen, über das zerknitterte Laken, über das Kissen mit dem Abdruck ihres Kopfes, den Stuhl mit den darübergeworfenen Kleidern: einer Nylonstrumpfhose, einem Rock, einem Pullover, einem Hemd, dessen ausgebreitete Ärmel sie an die Schwingen eines Raubvogels erinnerten. Sie ging einige Schritte auf die Kommode zu, blieb jedoch plötzlich stehen, weil sie sich fragte, ob sie nicht ein wenig aufräumen sollte. Violette wußte, daß die Unordnung um so störender wurde, je weiter der Tag voranschritt. Zuerst machte sie das Fenster weit auf. Ein jäher Windstoß wirbelte die toten Blätter und Zweige auf, die auf der Zinkabdeckung des Balkons lagen, und wehte sie ins Zimmer. Ein Tornado, das fehlte mir noch, dachte Violette. Sie tat sich selbst leid, kam sich vor wie ein Spielball des Schicksals. Das Fenster würde offenbleiben, obwohl ein Sturm heraufzog; der Himmel war von ungetrübtem Blau. Aus welcher Richtung kommt der Wind? fragte sich Violette. Fällt er nicht wie der Regen aus den Wolken? Sie schüttelte den Kopf und horchte auf die Straßengeräusche, als müßten sie die Antwort wissen. In der Ferne, zwischen erregtem Vogelgezwitscher und den regelmäßigen Motorgeräuschen auf der Avenue du Président Wilson, hörte sie das Entlüftungsventil an der Bremse des Busses zischen, der Hortchak zu seinem Arbeitsplatz brachte. Adieu, Émile. Jetzt, da er nicht mehr bei ihr war, hätte sie gern mit ihm gesprochen. Doch ihre Furcht, sich zu binden, gewann die Oberhand über ihren Wunsch, sich ihm anzuvertrauen. Das Ärgerliche an den Menschen war, daß sie am Ende immer verschwanden.

Als das Bett gemacht war, legte sie sich mit offenen Augen hin und versuchte, den roten Faden wiederzufinden. Laut sagte sie: »Als meine Großmutter meinen Großvater heiratete, war sie neun Jahre alt.«

Seit Tagen schon hatte sie diesen Satz vorbereitet. Sie war ganz sicher, daß die Geschichte so anfing. Im Geist hatte sie sich diesen Satz schon so oft vorgestellt, daß sie ihn nicht einmal mehr zu spüren glaubte, als er ihr nun über die Lippen kam; er war wie aufgebraucht.

Als sie noch ein Kind war, hatte ihr Vater eine Tonpuppe für sie gebastelt. Sie hatte grobe Gesichtszüge, aber einen bewundernswürdigen kleinen Mund. Er sagte zu ihr: »Diese Puppe weiß die Geschichte unseres Volkes. Schließ die Augen, hör zu.« Violette schloß die Augen und hörte ihren Vater durch den Mund der Tonpuppe sprechen. Die Patriarchen lösten einander ab, einige Könige waren gerecht, andere grausam: Violette bewunderte diese unendlich weisen Männer. Wenn sie wieder allein in ihrem Zimmer war, versuchte sie, sich das Leben ihrer Vorfahren vorzustellen; sie sah Tausende Männer, Frauen und Kinder, die jahrhundertelang im Gänsemarsch die Wüste durchquerten. Als ihr Vater gestorben war, hatte ihre Mutter all seine Sachen verbrannt. Die Puppe war nur deshalb der Zerstörung entgangen, weil Violette sie in ihrem Bett versteckt hatte. Heute saß sie auf ihrem Nachttisch, verstummt seit mehr als zwanzig Jahren, und Violette fragte sich, ob sie sich ihrer nicht irgendwie bedienen könnte, ähnlich wie ein Bauchredner sich seiner Marionette bedient. Doch an die Märchen ihrer Kindheit konnte sie heute nicht mehr glauben. In den Geschichten sprechen Prinzessinnen mit Bächen, Bäume beraten Hexen, und selbst Kieselsteine haben ihre eigenen zarten Stimmchen. Violette spürte, daß sie lachen müßte, wenn sie noch einmal den Mund öffnete. Leider war sie nicht verrückt genug, so weit zu gehen.

Am Hügelhang gab es Steine, gab es viel Staub. Am Hügelhang – *à flanc de coteau* –, diesen Ausdruck hatte sie bisher nie gebraucht. Er war einfach zu französisch. Es war, als hätte sie kein Anrecht darauf. Sie hatte ein rosa Kleidchen an. Ihre Mutter hatte es gestrickt. Sie war sechs Jahre alt, und das Kleid war zu ihrem vierten Geburtstag fertig geworden. Auch wenn sie sich nur leicht bückte, war das Höschen zu sehen. Sie mochte es, wenn man ihr Höschen sah. Sie hielt das für ein Zeichen von Eleganz. Im Staub sitzend, rief sie etwas in ihrer Sprache. Jeder Übersetzungsversuch war zwecklos. Für jedes Wort der einen Sprache schien es eine Entsprechung in der anderen zu geben, doch Violette war vom Gegenteil überzeugt. Mit ihrer Mutter hatte sie nie Französisch gesprochen. Wenn in ihren Gesprächen französische Worte fielen, dann nur, weil sie in Frankreich lebten und bestimmte französische Gegenstände dort, wo sie herkamen, namenlos waren. Französisch füllte lediglich die Lücken.

Violette hat Halsschmerzen. Sie führt die Hand zum Hals, als könnte sie den Druck mit ihren Fingerspitzen lösen. Sie hört die Worte, die das kleine Mädchen im rosa Kleidchen leidenschaftlich ruft. Die Worte versteht sie nicht. Der Schatten, dem sie zuruft, nähert sich ihr den steinigen Abhang hinauf. Er kommt langsam voran. Seine Füße rutschen auf den Steinen aus, die knirschend zur Seite rollen. Sie sieht sein Gesicht nicht. Sie glaubt, daß es ein Junge ist. Sie fürchtet, daß er zu ihr kommt. Violette drehte sich um, während das kleine Mädchen weiterschrie, und blickte in das augenlose Gesicht der tönernen Puppe. Sie ergriff sie mit einer Handbewegung und warf sie unter den Nachttisch.

Leicht enttäuscht setzte sie sich in ihrem Bett auf und fragte sich, was nicht stimmte. Sie dachte, daß sie vielleicht doch wieder ihre Tabletten einnehmen sollte, und um diesem Gedanken zu entgehen, entschied sie, die drei am Vortag übriggebliebenen Irisknollen einzupflanzen.

An der Gartenarbeit hatte sie im Krankenhaus Gefallen gefunden, dort gehörte sie zu den ärztlich empfohlenen Freizeitbeschäftigungen. Eigentlich hätte Violette das verabscheuen müssen, so wie sie alles verabscheute, was die Psychiater ihr ansonsten vorschlagen konnten: Gesellschaftsspiele, Töpfern, Emaillieren. Was ihr an der Gartenarbeit jedoch sofort gefallen hatte, war der Gärtner. Jacques Ourson war mittelgroß, er hatte rote Augenbrauen, hellgrüne Augen, Sommersprossen und hier und da einige blonde Haare. Er mochte zwischen fünfunddreißig und fünfzig Jahre alt sein. Unter den Trägern seiner Arbeitsschürze hin-

gen seine Schultern herab, doch hielt er sich stocksteif gerade. Er sprach wenig und kümmerte sich nicht um Psychologie. Das hatte Violette schon bei ihrer ersten Begegnung begriffen, als er ihr ein gänzlich mit grünen, kriechenden Punkten bedecktes Ringelblumenbeet zeigte. Er sagte: »Zum Eingewöhnen reißen Sie mir all das verrückte Unkraut raus.« Violette hatte sich mit durchgedrückten Beinen vornübergebeugt. Sie war froh. Offensichtlich war sie noch nicht so verrückt, daß man sich dieses Adjektiv in ihrer Gegenwart verbot. Das Blut war ihr schnell in den Kopf geschossen. Und Ourson kam zu ihr herüber, legte ihr seine Hände auf den Rücken und sagte: »Wenn Sie ein guter Gärtner werden wollen, müssen Sie lernen, die Knie zu beugen.« Um die Gelenke seines Lehrlings zu krümmen, glitten seine Hände ihren Rücken hinunter bis in die Kniekehlen; ehe sie es sich versah, hockte Violette mit der Nase in den Ringelblumen. Mehrere Stunden lang hatten sie schweigend gearbeitet. Einmal richtete Ourson sich auf und sagte: »Wissen Sie, was ich an diesem Beruf liebe?« Violette schüttelte den Kopf. »Die Einsamkeit. Hier stört mich niemand.« Violette nickte. Sie hatte sich schon des öfteren gefragt, warum nie jemand in die Gärtnerei kam. Jetzt wunderte sie sich nicht mehr. Jacques Ourson gab sich alle Mühe, mögliche Mitarbeiter abzuschrecken. Sie lächelte, und weil er zurücklächelte, fühlte sie sich gut aufgehoben.
Der Garten duftete. Immer, wenn sie die Erde umgrub oder das Unkraut samt den Wurzeln herausriß, stellte sie mit der gleichen Befriedigung fest, wie sauber der

Humus roch. Das war beruhigend. Es schien ihr, zwischen ihrer Hacke und dem Messer mit dem Horngriff, das Ourson ihr geliehen hatte, war alles vorhanden. Die Brust zwischen den Knien eingekeilt, hockend, sah sie in dem Dreieck, das ihre Beine bildeten, eine ganze Welt. Dort waren der Pflanzensaft, ein Nahrungsmittel, das ihrer Meinung nach mit dem Honig verwandt war, die Milch, die herausspritzte, wenn sie die Wurzeln verletzte, der Tau, der sich auf den Blattoberflächen niederschlug, die Steinchen und die körnige braune Erde. Sie war zu weichen und mürben Brocken verklebt und wie durchflossen von einem reineren Blut als dem, das in ihren Adern pulsierte. Und es gab dort alles mögliche Getier: Regenwürmer, Feuerwanzen, Marienkäfer und andere kriechende, springende, wuselnde Tierchen, deren Namen sie nicht kannte. Eines Tages hatte sie gedacht: Wenn sie den Körper ihrer Mutter direkt in die Erde geworfen hätten, dann wäre sie nicht so verzweifelt gewesen. Die Kiste war das Problem. Diese elfenbeinfarbene Satinpolsterung in ihrem Inneren. So eine nutzlose Verfeinerung. Und welch ein Schmutz, wenn der Stoff zu verfaulen begänne. Alles roch schlecht, wenn man es in einer Kiste verschloß; was man hingegen der reinigenden Erde überließ, damit es sich zersetzte, das verteilte sich nur, zerbrach und zersplitterte. Einiges wurde von einem Maikäfer weggeschleppt, anderes von einem Wurm verschluckt, wieder anderes im Schnabel eines Vogels weggepickt. Während Violette diesen Gedanken nachhing, schnitt sie sich an der Schneide von Oursons Taschenmesser.

»Mist!«

Der Gärtner schaute auf.

»Ich habe mich geschnitten.«

»Tut's weh?« fragte Ourson unsanft.

»Nein, überhaupt nicht. Es blutet bloß unheimlich«, stellte Violette fest, ohne den Blick von ihrer tropfenden Hand zu wenden.

Als Jacques Ourson aus seinem Schuppen zurückkam, wo er Verbandszeug gesucht hatte, sah er die von Schluchzen geschüttelte Violette auf dem Boden liegen.

»Seien Sie nicht kindisch«, sagte er, ohne einen Versuch zu machen, ihr aufzuhelfen.

Er hatte ihre verletzte Hand genommen, sie unter dem Wasserstrahl der Gießkanne abgewaschen und den Schnitt mit einem jodgetränkten Wattebausch abgetupft. Als der Finger ganz mit einem straffen Verband umwickelt war, hatte er ihre Hand sorgfältig gereinigt.

»Ich weine nicht deswegen«, sagte sie.

»Im Ernst«, hatte Ourson geantwortet und war in Gelächter ausgebrochen. »Wenn Sie Ihr Gesicht sehen könnten.«

Violette hatte die Lider gesenkt und selber gelacht, während sie versuchte, ihr mit Blut, Erde und Tränen verschmiertes Gesicht zu säubern.

Die Irisknollen lagen auf dem Wannenboden. Violette wischte sie nacheinander mit der Schürze ab, die ihnen in der Nacht als Schutz gedient hatte. Als sie ihr Pflanzholz aufnahm, entschied sie, die Knollen nicht in eine Reihe mit den anderen zu setzen. Sie pflanzte sie dicht beieinander, so daß sie vor der ursprünglichen Reihe eine Art Dreieck bildeten. Sie war zufrieden mit ihrer Arbeit und dachte, daß sie vielleicht Gärtnerin werden könnte. Sie müßte nur pflanzen. Sie ging in die Küche und setzte sich hin, mit einer Tasse Kaffee und ihrem dreibändigen Gartenhandbuch.

4

»Hello, Sunshine«, rief Hortchak Harriet zu, als er seine Jacke an die Garderobe hängte.
»Guten Tag, der Herr Zu-Spät-Kommer«, antwortete die junge Frau.
»Ich wurde bei meiner Nachbarin aufgehalten«, sagte er listig. An dem Ausmaß der Eifersucht, das sich in ihren Blick mischen würde, wollte er ablesen, wie sehr seine Sekretärin ihn liebte.
»Die Arme«, versetzte Harriet.
»Hat keiner angerufen heute morgen?« fragte er, die Tür seines Büros öffnend.
»Nein, aber Sie müssen unbedingt Professor Jabrowski zurückrufen. Er hat gestern dreimal versucht, Sie zu kontaktieren.«
Mich zu *kontaktieren*, überlegte Hortchak, wie furchtbar. Lieber mit einer Qualle kopulieren. Er warf energisch die Tür ins Schloß. Mit dieser Geste wollte er Harriet zu verstehen geben, daß gewisse Anglizismen vor dem Mittagessen besonders unangebracht waren und daß sie vor allem kein Recht hatte, Violette als »die Arme« zu bezeichnen. Wofür hielt sie sich eigentlich? Er warf seine Tasche auf den Tisch und sagte sich: Sie verstehen gar nichts, diese jungen Leute – oder die Amerikaner oder doch die Frauen? Vor ihm lag sein

geöffnetes Notizbuch. Er nahm die deutsche Übersetzung seines Artikels in die Hand und strich über die Seiten wie ein Blinder, der mit den Fingern liest. An manchen Tagen war alles unglaublich klar.

Er nahm seinen Füllfederhalter aus dem Etui, schraubte ihn auf, unterstrich die erste Zeile, machte ein Kreuz an den Rand, wo der Übersetzer einen besonders trefflichen Widersinn erzeugt hatte, und stieß einen Seufzer aus. Er war seinem Ziel so nahe. Warum sollte er sich beeilen? Was würde geschehen, wenn sein Buch abgeschlossen war? Eine neue Professur, die er unverzüglich ablehnen würde, Briefwechsel mit Jabrowski und anderen, Einladungen zu diesem und jenem Kolloquium, Tagungen, Anfragen ausländischer Universitäten. Es schnürte ihm die Kehle zu. Violettes Hand in der seinen fiel ihm ein. Es eilt nicht, sagte er leise zu sich selbst.

Das Lämpchen an seinem Telefon begann zu blinken.

»Ja«, sagte Émile und drückte den Hörer an die Wange.

»Ich habe Jabrowski in der Leitung«, sagte Harriet. »Ich habe ihn selber angerufen und ihm gesagt, Sie hätten den ganzen Morgen versucht, ihn zu erreichen. Sie brauchen mir nicht zu danken. Ich lege ihn auf die Eins.«

Hortchak biß die Zähne zusammen. »Harriet«, rief er, bevor sie auflegen konnte.

»Ja?«

»Welchen Studienabschluß haben Sie?«

»Mein Lebenslauf liegt im Rollschrank, drittes Fach von oben«, sagte sie, bevor sie auf die Taste drückte, die dem Gesprächspartner von außerhalb das Wort gab.

»Struppi!« trompetete Jabrowski am anderen Ende der Leitung, »du alter abgetauchter Terrorist. Was stellst du seit einer Woche an? Schreibst du die Bibel neu oder was? Das ist weiß Gott aus der Mode.«

»Ja, ja, ich weiß.«

»Was weißt du?«

»Ich weiß, wäre ich auch nur halb so tüchtig wie meine Sekretärin, dann hätte ich Esperanto schon längst als Grundschulfach durchgesetzt.«

»Was redest du denn da, hast du getrunken?«

»Wie geht's deiner Frau«, fragte Hortchak unvermittelt.

Er hätte nicht sagen können, warum ihm plötzlich Sonja Jabrowskis Bild in den Sinn gekommen war, mit ihrem Kopftuch, unter dem einige Locken der roten Perücke hervorschauten. Sonja gehörte nicht zu denen, an die man dachte. Sie war eine zurückhaltende, sehr religiöse Frau, die sechs Kinder großgezogen hatte, ohne daß ihr auch nur einmal der Ton entglitten wäre. Hortchak sah sie nur selten. Er hatte nie gewagt, ihr die Hand zu geben. Wenn er ihr gegenüberstand, war es fast so, als stünde er vor Gott.

»Nicht besonders. Warum? Was hast du? Letztes Mal habt ihr doch kaum ein Wort gewechselt.«

»Ich weiß nicht. Ich frage nur, wie es deiner Frau geht, das ist alles.«

»Sie muß noch einmal operiert werden. Es sieht so aus, als ob beim letzten Eingriff irgend etwas schiefgegangen ist. Sie haben vergessen … ach, ich weiß nicht, was. Ich verstehe nichts von dem, was sie mir erzählen. Ich weiß nur, daß es ihr vorher meiner Meinung nach viel besser ging und daß ich eine Heidenangst vor der Operation habe.«

Jabrowskis Stimme veränderte sich.

»Was hat sie denn?« fragte Hortchak. »Ich wußte noch nicht mal, daß sie krank ist. Warum hast du nichts gesagt?«

»Es ist irgendwas an den Venen oder Gefäßen, was weiß denn ich. Heute sagen sie hü, morgen hott. Sie haben den gleichen Beruf wie wir. Sie forschen. Wir forschen auf dem Papier und sie in Sonjas Körper. Aber ich schwöre dir, für sie ist es das gleiche.«

»Warum kommst du nicht zu mir ins Institut, zum Mittagessen? Die Kantine hier ist ganz ordentlich.«

»Keine Zeit. Ich fahre nach Zürich, außerdem kenne ich deine Kantine. Alles ist fett, fett, fett. Weißt du, ein Keks in Quark gestippt, das reicht mir mittags völlig.«

Hortchak bedauerte, daß er Jabrowski mit diesem dummen Einfall unterbrochen hatte. Sie waren wieder in ihre gewöhnlichen Sticheleien verfallen; es kam ihm so vor, als würden ihn Sonjas große braune Augen aus der Tiefe eines Schranks heraus ansehen, den er versehentlich verschlossen hatte. Unmöglich, darauf zurückzukommen, unmöglich, etwas zu sagen wie: »Wir haben gerade von Sonja gesprochen. Wie steht es mit ihr?« Jabrowskis Schamgefühl war genug strapaziert worden.

»Zürich ...«, Hortchak nahm ausweichend den Faden wieder auf. »Was treibst du da?«

»Sie laden mich ein, sie bezahlen, ich fahre hin. Was soll ich denn machen? Nicht jeder kann ein Genie sein.«

»Nein, natürlich nicht«, sagte Hortchak geistesabwesend. »Und die Kinder?« rief er plötzlich. »Wie geht's den Kindern?«

»Na ja, es geht. Nitka ist mit ihrem Mann und den zwei Kindern wieder nach Kanada zurückgeflogen. Sie hat mindestens dreißig Kilo zugenommen, man könnte sie für ein Nilpferd halten, das schwöre ich dir. Übrigens sind in dieser Familie alle dick. Ihr Mann wiegt irgendwas um die hundertvierzig, und die Babys sehen aus, als würden sie platzen. Scheinbar sind die Kanadier alle so, wegen der Kälte. Das sagt jedenfalls Sonja. Valerie schreibt am letzten Kapitel ihrer Doktorarbeit, wir sehen sie nie. Irvin hat die Tiermedizin geschmissen, und jetzt braucht der Herr angeblich Zeit zum Nachdenken.«

Hortchak hörte mit nachlassender Aufmerksamkeit zu und widmete sich schließlich der Reinigung seines Füllfederhalters, während Jabrowski damit fortfuhr, die Vor- und Nachteile seiner Nachkommenschaft aufzuzählen. Die Frage nach den Kindern hatte Émile als letzten Köder ausgeworfen, um Sonja wieder ins Gespräch zu bringen, soviel war ihm undeutlich bewußt. Die Kinder interessierten ihn nicht, im Augenblick beschäftigten ihn nur die Frauen. Von Zeit zu Zeit bemühte er sich, die Überlegungen seines Freundes mit einem kurzen »Ja, natürlich« zu unterstreichen, mit einem ungehaltenen »Nein« oder einem »Ich verstehe«, das immer paßte. Jabrowski redete unermüdlich. Er kam vom Hölzchen aufs Stöckchen. Von seiner Tochter gelangte er über den Schwiegersohn zum Freund seiner Jüngsten, den er im Verdacht hatte, im Gefängnis gewesen zu sein. Er suchte weder Zustimmung noch Rat. Seine Erzählung brauchte für ihren nicht enden wollenden Fluß nur ein Ohr, und nicht einmal ein besonders aufmerksames.

Nach einer Weile, deren Dauer Hortchak nicht hätte näher bestimmen können, verlangsamte sich der Redefluß seines Gesprächspartners merklich, ein Zeichen, daß die Schleusentore sich bald schließen würden.

»Fabelhaft!« rief Hortchak, damit keine Peinlichkeit aufkommen konnte.

»Ich möchte dich um einen kleinen Gefallen bitten«, sagte Jabrowski, »für einen meiner Studenten. Ich habe ihm nichts versprochen. Aber ich dachte mir, daß du ihm vielleicht die Aufzeichnungen zu deinem Vortrag am Collège de France zukommen lassen könntest. *Determination und Modalität in den indoeuropäischen Sprachen*. So hieß er doch, oder?«

»Nein, Moment, das Ding ist völlig unlesbar. Und außerdem, wie lange ist das her? Zehn Jahre? Ist doch völlig veraltet.« Die Wahrheit war, daß Hortchak es immer schon gehaßt hatte, etwas zu verleihen.

»Kann schon sein«, erwiderte Jabrowski, »aber ich

glaube, daß ihm das sehr helfen könnte. Er ist ein ziemlich eigenartiger Typ, eigensinnig und hartnäckig, aber noch ziemlich unreif; er wirkt wie ein großer, verlorener Junge. Ich gehöre ja nicht zu denen, die sich allzusehr um das Schicksal ihrer Doktoranden kümmern. Die meisten fallen mir mit ihren persönlichen Problemen auf die Nerven. Sie bringen alles durcheinander. Können angeblich ihre Artikel nicht zu Ende schreiben, weil ihre Freundin sie sitzengelassen hat. Manchmal könnte ich sie erwürgen, ich schwör's dir. Aber der ist mir wirklich ein Rätsel. Schön wie ein Gott, mein Lieber, in seinem Totengräberanzug, und er lächelt so verzweifelt... Nun gut, ich will dich nicht stundenlang damit langweilen. Es geht mir nicht um die Ergebnisse, das kannst du dir denken. Dieser Junge hat was. Er hat so eine Vision ... du könntest neidisch werden. Aber er kann nicht schreiben. Er verbringt seine Zeit damit, Thekengespräche aufzuzeichnen, und schickt sie mir mit der Post. Ich höre sie mir nie an, wie du dir denken kannst, ich hab' schließlich noch was anderes zu tun. Er schreibt saumäßig schlecht. Wenn ich ihm erkläre, daß der sprachliche Ausdruck genau so wichtig sein kann wie die Beobachtung, sagt er: ›Ich schreibe keinen Roman.‹ ›Kann sein‹, antworte ich dann und komme mir vor wie ein Idiot, weil ich ihm nicht anhand eines Beispiels zeigen kann, daß ich recht habe.«

Nicht Jabrowskis Argumente bewegten Hortchak zuzustimmen. Während er den Beteuerungen seines Freundes immer zerstreuter zuhörte, war ihm erneut Sonjas Gesicht erschienen. Er runzelte fahrig die Stirn und fragte sich, ob Wahnsinn nicht doch eine anstekkende Krankheit war und ob er etwa mitten im Zeitalter des Skeptizismus von einem verirrten Dämon besessen war.

»Ist ja gut«, stöhnte er, mit seinen Nerven am Ende, »ich gebe auf. Wie heißt dein Schützling?«

»Schwartz, Gabriel Schwartz«, antwortete Jabrowski.

Ein Schatten trübte plötzlich Émiles Gedanken. Es wurde ihm unmerklich schwer ums Herz, er verstand nicht, weshalb.

»Ich stelle dich zu Harriet zurück. Sag ihr, was du haben willst, sie faxt es dir auf der Stelle.«

»Danke, mein Bester«, sagte Jabrowski, den dieses lange Gespräch sichtlich erfreut hatte. »Wir müssen uns unbedingt in den nächsten Tagen sehen. Du könntest doch bei uns zu Mittag essen.«

»Ja, genau. Damit du mir einen Keks mit Quark zum Stippen gibst. Besten Dank, mein Lieber. Darüber sprechen wir noch.«

HORTCHAK STRICH SICH mit der Hand über das Gesicht, stand auf und ging zum Rollschrank hinüber. Vorsichtig durchsuchte er das dritte Fach von oben und zog eine Klarsichthülle heraus, auf der links oben in fetten Buchstaben zu lesen war: CURRICULUM VITAE – HOUGHTON HARRIET, MYRIAM, DORIS, ALEXANDRA. Er nahm die drei mit Schreibmaschine beschriebenen Blätter aus der Mappe und setzte sich mit einem Bleistift bewaffnet wieder an den

Schreibtisch. Er erinnerte sich nicht, dieses Dokument je gelesen zu haben. Als Miss Houghtons Lebenslauf damals eingetroffen war, hatte er ihn auf dem Schreibtisch herumliegen lassen. Eines Tages, das wußte er, würde die Unbekannte genug vom Warten haben und den Telefonhörer in die Hand nehmen. Und ihre Stimme würde vollauf genügen, um zu beurteilen, ob die kleine Neue die Richtige war. Aber Harriet hatte nicht angerufen. Sie war, ohne einen Termin vereinbart zu haben, gekommen, in einem fließenden Kostüm, das sie von den Schultern bis zu den Schenkeln umspielte; ihre Schlüsselbeine hüpften unter dem leichten Revers, ihre Knie schienen ihn wie ein paar Augen anzublicken. Hortchak fragte sich sogar, ob nicht etwas wie Zauberei im Spiel war, ob nicht zum Beispiel ihre Kniescheiben mit einer Hexensalbe eingeschmiert waren. Wie wäre sonst zu erklären gewesen, daß Harriets Knie magisch alle Blicke auf sich zogen, sobald sie einen Raum betrat – und zwar die Blicke der Männer und die der Frauen.

Ohne anzuklopfen, hatte sie die Tür geöffnet. »Störe ich Sie auch nicht?« Hortchak war von seinem Stuhl aufgestanden, und beinahe hätte er sich entschuldigt, weil er nicht sofort aufgesprungen war, um ihr zu öffnen. Sie bekam die Stelle sofort. Ihre Stimme, ihre Knie, ihr harmloses Aussehen – es war eine Wonne.

Hortchak stellte ihr zwei oder drei Fragen, ohne die Antworten abzuwarten, und zeigte ihr die Räumlichkeiten. Harriet schenkte jeder neuen Person, der sie über den Weg lief, ein Lächeln, dessen Wert François

Ingembe, der Psychomotoriker, auf 3000 Franc die Stunde schätzte, »wenn sie für Zahnpasta werben würde«. Er kannte sich aus, seine Frau war Mannequin. Als sie wieder an den Ausgangspunkt zurückgekehrt waren, hatte Émile seiner neuen Sekretärin umständlich die Telefonanlage erklärt, nicht ohne ständig zu wiederholen, daß solche Kleinigkeiten einer modernen Frau wie ihr belanglos erscheinen müßten. Sie war es, die schließlich das Gespräch beendet hatte: »Möchten Sie Harriet zu mir sagen?«

»Unbedingt, Harriet, unbedingt«, hatte er gerufen. »Sie fangen sofort an.« Er hatte ihr die Handtasche abgenommen und auf den Schreibtisch gestellt. Sie hatte sich folgsam auf den hydraulischen Bürostuhl gesetzt und ihrem neuen Chef mit einem Blick zu verstehen gegeben, daß er sie jetzt allein lassen sollte.

Mit Harriets Lebenslauf in der Hand glaubte Hortchak, das typische Herzklopfen eines Kriminalinspektors zu spüren, der soeben eine Verbindung zwischen zwei bis dahin scheinbar vollkommen unabhängigen Fällen herstellt. Harriet war einfach zu tüchtig, sie verheimlichte etwas. Hortchak beschloß, den Lebenslauf seiner Sekretärin einer genauen Prüfung zu unterziehen. Nicht weniger als vier Vornamen, damit fing es schon an. Geburtsdatum: 6. Juni 1967. Hortchak stieß einen langen Seufzer aus. Wie jung doch diese Amerikaner waren. Es war geradezu ärgerlich. Mit ihren Schuljahren hielt er sich nicht länger auf, vergaß aber nicht zu unterstreichen, daß Miss Houghton bei einem bundesweiten Schulsportfest eine Goldmedaille im

Kugelstoßen gewonnen hatte. Gleich im ersten Universitätsjahr hatte man sie als Philosophiestudentin in Yale angenommen, wo sie außerdem im Nebenfach zwei Mathematikprüfungen abgelegt hatte. Von Yale war sie nach Harvard gegangen und hatte dort eine epistemologische Arbeit geschrieben: *Vom Animismus zum Vitalismus. Der Beitrag der aristotelischen Vorstellungen zu Claude Bernards Arbeiten*; der Untertitel lautete: *Wider eine cartesianische Definition des Humanen*. Die Kleine ging ganz schön ran. Zwei Jahre in Palo Alto, hier und da eine Veröffentlichung. Im Anhang folgte die lange Liste ihrer Diplome, die sie nicht selten neben ihrem Hauptfach gemacht hatte. Woher nahm das Mädchen die Zeit, all diese Prüfungen abzulegen? Welchem Schwindel saß er hier auf?

»Harriet!« schrie er, ohne erst die Taste der Gegensprechanlage zu drücken. Sichtlich erschüttert von dem schlechten Betragen, das ihr Vorgesetzter an den Tag legte, trat Harriet ein. Einen Namen von Büro zu Büro zu schreien, ohne die Sprechanlage zu benutzen, war mindestens so schlimm wie einen Brief mit der Bleistiftspitze zu öffnen, wenn man einen Brieföffner besaß. Unordnung, Ineffizienz, Nachlässigkeit.

»Ich wüßte gerne, wen Sie eigentlich auf den Arm nehmen, Kleine«, sagte Hortchak und hielt seiner Sekretärin die drei Seiten ihres Lebenslaufes fuchtelnd unter die Nase.

Harriet gab sich alle Mühe, zu verstehen, was vor sich ging. Drei tiefe Falten zogen sich über ihre Stirn, ihr Mund war zu einer Knospe über ihrem Kinn zusammengepreßt. Während sie sich gefährlichen Rationalisierungsübungen unterzog, fiel Hortchaks Blick auf die letzten Zeilen der dritten Seite, die er bisher nicht gelesen hatte: BEWERBE MICH ALS: WISSENSCHAFTLICHE ASSISTENTIN VON PROFESSOR HORTCHAK / VERANTWORTLICHE FÜR DIE KOMMUNIKATION ZWISCHEN ORTHOPHONIE UND PSYCHOMOTORIK / HERAUSGEBERIN DES JAHRESBERICHTS DES INSTITUTS FÜR LINGUISTIK.

»Harriet, ich verstehe nicht ...«, sagte er mit erstickter Stimme, »vor allem muß ich mich entschuldigen. Im übrigen ist das ein Mißverständnis. Sie hätten es schon bei unserer ersten Begegnung richtigstellen sollen.«

Hortchak beobachtete Harriet beunruhigt, denn sie antwortete nicht. Er war bereits seit einigen Wochen auf der Suche nach einer Sekretärin gewesen, als sie sich vorgestellt hatte.

Hätte er denn ahnen können, daß diese junge Frau mit dem kindlichen Lächeln ganz allein mehr Diplome gesammelt hatte als drei seiner beamteten Mitarbeiter zusammen? War er einem Vorurteil zum Opfer gefallen: »Sei hübsch und halt den Mund, schön, aber dumm?« Nein, so war es nicht. Er selbst war schließlich auch keine unangenehme Erscheinung, was ihn jedoch nicht daran hinderte, nobelpreisverdächtig zu sein. Die Wahrheit war: Harriet sah tatsächlich zurückgeblieben aus. Sogar jetzt, als Hortchak die Geschichte ihrer Siege gelesen hatte, konnte er nicht verhehlen, daß er in ihren Gesichtszügen etwas Naives entdeckte. Im Verein mit der Strenge, die sie in jedem

Augenblick an den Tag legte, ließ diese Naivität sie eher wie ein ahnungsloses Hühnchen als wie eine wissenschaftliche Assistentin aussehen. Ihre besessene Pünktlichkeit, ihr Pochen auf Eigentum und Ordnung waren in Émiles Augen mit seiner Arbeit, der sie sich anscheinend auch widmen wollte, unvereinbar. Sie war ohne Zweifel die beste Sekretärin, die er je gehabt hatte, aber er spürte, daß es ihn hart ankommen würde, wenn er sie zu seiner persönlichen Assistentin machen sollte. Er hatte im übrigen immer allein gearbeitet. Er teilte seine Einfälle nicht gern. Von Zeit zu Zeit ein Telefonat mit Jabrowski, das war in Ordnung, geradezu entspannend. Jabrowski wußte genau, daß sein Freund ihm nur Hypothesen vorstellte, die entweder schon bewiesen oder gerade überholt waren. Dennoch, dennoch ... plötzlich quälte ihn ein Gedanke, schmerzhaft wie ein Spinnenbiß. Während des einen Monats, den er schon seinen Morgenkaffee mit Violette trank, hatte er ihr mehr als irgend jemandem bisher von seinen Forschungen erzählt. Auf ihre Frage »Was gibt's Neues, Herr Doktor?« verriet er ihr fast jeden Morgen eine neue Einzelheit. Auch seine Irrtümer teilte er ihr mit, seine enttäuschte Begeisterung. Sicher, er zitierte nicht im Wortlaut, sprach auch nicht in seinem gewohnten Jargon, aber das war für seine Arbeit nebensächlich. Plötzlich überkam ihn die Lust, Harriet zu sagen: »Ich habe schon eine wissenschaftliche Assistentin.«

»Hören Sie mal, meine Kleine, niemand ist unfehlbar. Vor allem nicht ich«, fügte er hinzu und begann zu lachen. »Sie dürfen das nicht tragisch nehmen. Ich werde sehen, was ich tun kann. Wie Sie wissen, geht hier alles ganz formlos zu. Wir haben keine wirkliche Hierarchie. Wir werden ein schönes Pöstchen für Sie finden. Was könnte Ihnen denn gefallen, Harriet, sagen Sie's mir, was möchten Sie machen?«

»*Daddy had warned me*«, sagte sie mit zitternder Stimme.

Hortchak sah zum Himmel auf. Harriet fuhr auf Französisch fort: »Mein Vater hat mir gesagt, daß ich hier in Frankreich nichts finden würde. Er hat mich gewarnt, die Franzosen wüßten noch nicht einmal, was ein CV ist. Er wollte, daß ich Medizin studiere, aber ich konnte mich nicht dazu durchringen. Später, als Mama krank wurde, *machte er mir Vorwürfe deswegen*: ›Hättest du Medizin studiert, könntest du sie jetzt behandeln.‹ Es war schrecklich.«

Hortchak schloß die Augen, aber noch lieber hätte er sich die Ohren zugestopft. Je länger Harriet sprach, desto stärker brach ihr amerikanischer Akzent durch. Als sie mit ihrer Lebensgeschichte fertig war, glaubte Hortchak zu verstehen, daß sie sein Verhalten als Prüfung aufgefaßt hatte: als habe er sie als Sekretärin eingestellt, um sie auf die Probe zu stellen. In irgendeinem Buch hatte sie gelesen, daß das eine Methode sei, die Überheblichkeit junger Wissenschaftler zu brechen, und damit war sie augenscheinlich völlig einverstanden. Genauigkeit erwarb man sich nur durch Ehrfurcht vor der Arbeit; Eitelkeit war die Feindin der Wissenschaft. Hortchak rief Ingembe über die Sprechanlage zu sich, ohne Harriet nach ihrer Meinung zu fragen. Sein junger Kollege war solche Kreaturen gewöhnt. Er würde Miss Houghtons Talente zweifellos erfolgreich zu nutzen wissen.

Im Institutsgarten saß Gabriel Schwartz an einen Baumstamm gelehnt und spielte mit einem Marienkäfer. Von Zeit zu Zeit schaute er zu den Fenstern des Gebäudes auf und fragte sich, hinter welchem wohl Professor Hortchak verborgen sein mochte. Jabrowski war hartgesotten, und Gabriel war sich nicht sicher, ob er ihm trauen konnte. »Morgen rufe ich ihn an«, hatte er versprochen. Es war von einem Fest die Rede gewesen, einem Geburtstag oder ähnlichem. Für eine erste Kontaktaufnahme sei das angeblich besser. »Informell«, hatte Jabrowski fröhlich gesagt, »ganz formlos, das ist bestens.« Wie grotesk, hatte Gabriel gedacht. Vor sechs Monaten hatte derselbe Jabrowski seinem jungen Schützling ein Forschungsstipendium versprochen, aber Gabriels Bank wartete noch immer darauf, daß das Konto ihres Kunden in die schwarzen Zahlen kam. Der junge Mann setzte kein Vertrauen in die ältere Generation. Seinen Vater hatte er nie kennengelernt, weshalb er alle Männer, denen er begegnete, für dessen Flucht verantwortlich machte. Der Marienkäfer flog unermüdlich von seiner linken Hand auf die rechte. Er hauchte auf seinen schimmernden Panzer. »*Ladybird, ladybird*«, sang er ihm leise vor, »*fly away home, your house is on fire, your babies will burn.*«

Man darf niemals von zu Hause weggehen. Mütter haben kein Recht, für immer zu gehen. Lange Zeit hatte seine Mutter mit ihren spitzen, metallisch klackenden Absätzen kleine Löcher in seine Erinnerungen gestanzt. Er dachte: Wenn ich dich zerquetsche, werden deine Marienkäferbabys noch nicht einmal erfahren, daß du tot bist. Sie werden glauben, du hättest sie verlassen. Das Insekt flog gerade noch rechtzeitig davon, und Gabriel dachte bei sich, daß er bei seinem Pech bestimmt an ein Männchen geraten war.

5

Einige Tage später gelang es Hortchak endlich, sich Violette anzuvertrauen. Jeden Morgen war er mit schwerem Herzen und flauem Magen zu ihr gekommen, um ihr von den Veränderungen in seiner Dienststelle zu erzählen. Zwar blieb sie ihrem Ritual treu und fragte jedesmal, sobald er sich gesetzt hatte: »Was gibt's Neues, Herr Doktor?«, aber ihr Blick war woanders. Während sie seinen ausweichenden Antworten lauschte, lächelte sie.

Émile hätte sie gern wachgerüttelt, doch er wagte es nicht. Nach und nach ließ auch er sich von ihrer eigenartigen Stimmung gefangennehmen; seine Stirn glättete sich, seine Schultern wurden locker; irgendwo knapp über seinem Hinterkopf machte sich ein leises Schnurren bemerkbar, das ihn nicht etwa beunruhigte, sondern in eine Art Hypnose versetzte. Wenn er zur Arbeit aufbrach, war es wie ein schmerzliches Erwachen. Im Bus versuchte er die verlorene Empfindung wiederzufinden, indem er die Augen schloß. Jedesmal hoffte er vergeblich, daß das Brummen des Motors jenes Schnurren ersetzen würde, das von Violettes Ruhe ausging. Mit Schatten um die Augen, den Kopf wie in einem Schraubstock, kam er im Büro an. Jedesmal wenn er sich an seinen Schreibtisch setzte, wollte er nur noch seinen Kopf in die Arme betten und einschlafen.

Nachdem er gegangen war, stand Violette auf, um ihr Gartenhandbuch zu holen. Bevor sie in den Garten ging, nahm sie regelmäßig ihre Tabletten. Die Fortsetzung ihrer Geschichte verschob sie unablässig auf den nächsten Tag. Wenn sie des Morgens ihre Augen öffnete, fiel ihr Blick manchmal auf das Gesicht der Tonpuppe, doch sie wandte sich augenblicklich ab. Wir haben alle Zeit der Welt, dachte sie. Dieser Satz wirkte auf sie wie ein Gebet oder vielmehr wie ein Segen. Er war beruhigend, er nahm ihr Schuld und Verantwortung.

Dennoch hatte die magische Formel nach einigen Tagen ihre Kraft verloren. Violette fühlte sich schuldig. Wenn sie sich abends mit zwei Tabletten unter der Zunge hinlegte, ermüdet von Wind und Regen, die ihr die Haare zerzaust und die Ellbogen durchnäßt hatten, dann glaubte sie eine Stimme in ihr Ohr flüstern zu hören. Sie schluckte die Medikamente, schloß die Augen und versuchte zu schlafen, mit ausgestreckten Gliedern, die Hände zur Zimmerdecke hin geöffnet. Im stillen wiederholte sie immer wieder die Sätze: Ich höre kein Geräusch. Es ist Nacht. Ich kann nichts sehen. Ich bin müde. Ich schlafe.

Doch kein Vergessen wollte sich einstellen. Violette sah kleine Mäuschen unter ihren Lidern umherhuschen, sie erschauderte. Nach der zweiten durchwachten Nacht hatte sie aufgegeben. Das Mittel half ihr nicht mehr beim Einschlafen, also konnte sie auch ganz darauf verzichten. Ihre innere Stimme trat wieder in ihr Recht.

Hortchak spürte sofort, daß der Friede aus dem Haus seiner Nachbarin verschwunden war, als er an diesem Morgen über ihre Schwelle trat. Brüsk öffnete sie ihm die Tür; sie machte sie nicht wieder zu, sondern begann, mit großen Schritten kreuz und quer durch die Küche zu laufen, wie eine verirrte Fliege auf der Suche nach dem Weg nach draußen. Sie setzte zu einer Handbewegung an, doch ihr Arm fiel wieder hinunter. Sie öffnete den Mund, aber es kam kein Wort heraus. Sie strich mit den Fingerspitzen eine Locke zur Seite, und gleich fielen ihr die Haare wieder ins Gesicht. Hortchak sah seine Stunde gekommen. Violette würde ihm keinen Widerstand leisten, sie war so aufgeregt, daß nur eine Erzählung von seinen neuen Abenteuern sie würde beruhigen können – zumindest schien es ihm so. Keine Sekunde fragte er sich, was wohl die Ursache für ihre Verwirrung sein mochte. Er nahm Violettes Stimmungen, wie sie kamen, er maß ihnen nicht mehr Bedeutung bei als den verrückten Einfällen eines Kindes.
»Was gibt's Neues, Herr Doktor?« rief er ungeduldig, ohne darauf zu warten, daß Violette das Feuer eröffnete.
Sie hielt einen Augenblick inne, starrte ihn mit ihren großen braunen Augen an, ließ sich dann wie bezwungen auf einen Stuhl fallen und echote flüsternd: »Was gibt's Neues, Herr Doktor?«

»Verzeihen Sie, daß ich Ihren Einsatz vorweggenommen habe, meine Liebe. Ich war immer schon etwas zu laut für einen Souffleur.«

Bei diesen Worten konnte er ein Erröten nicht unterdrücken. Violette, mit geneigtem Gesicht auf ihre Knie starrend, bemerkte nichts.

»Ich habe meine Sekretärin entlassen«, eröffnete er ihr.

Violette schaute auf.

»In Wahrheit habe ich sie befördert«, beeilte er sich hinzuzufügen.

»Ach ja«, erwiderte Violette mit besorgter Miene.

»Sie war überqualifiziert. Ich habe sie zu Ingembe geschickt. Sie erinnern sich, der Junge, der lispelt, der mit der Brille. Ich weiß nicht genau, was sie so zusammen treiben, aber es scheint gut zu funktionieren. Nur habe ich jetzt keine Sekretärin mehr!«

Die letzten Worte sprach er derart triumphierend, daß Violette aufschreckte. Was war in ihn gefahren? Er war zu selbstzufrieden. Sie spürte eine Bedrohung nahen. Sie fürchtete, daß er sich häuslich niederlassen würde. Sie hatte einen anstrengenden Tag vor sich und konnte mit den Heldentaten ihres Nachbarn keine Zeit verschwenden. Die Ruhe war beendet, kaum daß sie sie genossen hatte. Ihre Hände flatterten wieder, ihr Herz schlug zu schnell, aus dem Takt geraten, am falschen Ort. Sie mußte aufstehen und wieder in der Küche auf und ab wandern. Vor allem durfte sie das Gespräch nicht wieder aufnehmen. Wenn sie keine Fragen stellte und möglichst geschäftig aussah, würde Hortchak es schon begreifen und sich verziehen.

»Haben Sie Angehörige in den USA?« fragte Émile. Ohne eine Antwort abzuwarten, fuhr er fort, Angehörige oder Freunde, das sei dasselbe. »Im Leben eines jeden von uns taucht früher oder später ein Amerikaner auf, nicht wahr? Meine Sekretärin ist Amerikanerin. Wissen Sie eigentlich, daß sie dort drüben fast alle bei einer Sekte sind? Alle würden meine Sekretärin Harriet – vielmehr meine ehemalige Sekretärin – für vollkommen ausgeglichen halten, aber ich habe sie schnell durchschaut. Sie muß es ziemlich schwer mit ihrer Familie haben.«

Violette reagierte nicht. Sie ging hin und her, öffnete einen Schrank, verschloß ihn wieder, spülte einen sauberen Topf, wischte mit dem feuchten Lappen über die Türklinken. Wenn er doch ginge, wünschte sie sich im stillen.

»Violette, ich bitte Sie, so setzen Sie sich doch«, sagte Hortchak plötzlich. »Sie machen mich ganz nervös, wenn Sie dauernd so herumwirbeln. Sie sind ja wie meine Mutter.«

Es folgte ein langes Schweigen. Ihm war ein Fehler unterlaufen, und weder Violette noch Émile wußten, wie sie diesen ärgerlichen Zwischenfall bereinigen sollten. Hortchak kratzte sich am Kinn, er fühlte sich wie nach dem ersten Kuß, dessen Spur jeder wie ein Geheimnis aufbewahrt. Mit gesenkten Augenlidern versuchte er sich vorzustellen, wie er sich seiner Nachbarin plötzlich näherte. Ich beuge mich behutsam über sie, sie bemerkt mich nicht. Ich lege meine Hände auf ihre Wangen, ich biege ihren Nacken nach hinten. Ihre Augen verdrehen sich und sagen ja und nein zugleich. Aber ich sehe ihre Lippen zittern. Émile, der Frauenheld! Mein Gesicht nähert sich langsam dem ihren, als schwebte es an einem Fallschirm herab.

»Violette«, rief er plötzlich, »wollen Sie meine Sekretärin werden?«

Violette zog die Augenbrauen zusammen. Diese Frage schien ihr völlig fehl am Platz. Sie errötete, ohne zu wissen, warum. Ein Sabbatabend. Zwei Kerzen beleuchten das Zimmer. Niemand spricht. Der Vater wirft sich diskret in die Brust, die Mutter murmelt ein Gebet, um nicht zu weinen. Ein junger Mann ist gekommen und hält um die Hand ihrer Tochter an. Er weiß nicht, wie er es anfangen soll. Aber er braucht nichts zu sagen. Jeder kennt seine Rolle und wiederholt im stillen seine Antworten. Es geht um die Mitgift. Man tut so, als würde man ablehnen, während man innerlich zustimmt. Alles ist längst vorbereitet, doch man gibt vor, den Lauf der Dinge aufhalten zu können. Die Blicke der jungen Leute treffen für einen Moment aufeinander. Ihre Augen leuchten. Sie werden heiraten. Bald schon werden sie in einem gemeinsamen Bett liegen, ohne sich besser zu kennen als jetzt. Sie werden ihre Pflicht erfüllen. Wie unangebracht und erschrekkend das sein würde. Besser, nicht daran denken. Andere haben es auch schon getan. Der junge Mann trinkt einen Schluck zu heißen Tee und verbrennt sich die Zunge.

»Also? Könnte Ihnen das gefallen?« fuhr Émile fort.

Violette lachte. Hortchak war hocherfreut. Innerlich

jubilierend, rieb er sich die Hände und kostete sein neues Glück aus: Es war herrlich, Violette um etwas zu bitten, ihr einen Vorschlag zu unterbreiten. Es wäre ihm nie in den Sinn gekommen, daß eine so unbedeutende Tat – wenn es überhaupt eine war – ihm so große Freude bereiten könnte. Ein unentdecktes Land lag plötzlich vor ihm. Es gab tausenderlei Wege, es zu erkunden.

Als Violette ablehnte, verlangte er von ihr keine Erklärung, er empfand keine Bitterkeit. Früher oder später würde sie einen seiner Vorschläge annehmen, die Auswahl war unendlich und nebensächlich. Er machte einen zweiten Anlauf.

»Möchten Sie mich auf ein Fest begleiten?«

»Welches Fest?« fragte Violette beunruhigt.

»Ein Institutsfest. Sie finden immer einen Vorwand zum Feiern. Eine Disputation oder das Erscheinen eines Buchs. Letztes Jahr haben sie sogar eine Fete veranstaltet, weil Mireille Augier, die Archivarin, endlich im fünften Anlauf ihren Führerschein gemacht hatte.«

Violette nickte nachdenklich.

»Gibt es eine Kleiderordnung?« fragte sie.

»Aber nein, was erwarten Sie nur? Das sind alles junge Leute. Ganz zwanglos also.«

»Ich werde darüber nachdenken«, sagte Violette. »Wissen Sie, ich bin selbst nicht mehr so jung.«

Wie alt mochte sie sein? Neunundzwanzig? Fünfunddreißig? Die Frage gab ihm einen Stich ins Herz. Violette war alterslos. Je älter er wurde, desto weniger wichtig war die Anzahl der Jahre für ihn. Er erinnerte sich, daß für ein Kind und einen Jugendlichen mit jedem Geburtstag scheinbar ein neuer Lebensabschnitt begann. Sieben Jahre: das Alter der Vernunft, dreizehn Jahre: das Alter des Schnurrbartes, fünfzehn Jahre: das Alter des ersten Kusses, achtzehn Jahre: das Abitur, einundzwanzig Jahre: die Volljährigkeit. Er konnte sich nicht erinnern, wann genau die Zahlen für ihn ihre Bedeutung verloren hatten. Vielleicht mit fünfundzwanzig Jahren, vielleicht mit dreißig. Jetzt feierte er seine Geburtstage kaum noch: ein Anruf seiner Brüder, manchmal ein paar Zeilen von Jabrowski auf einer Glückwunschkarte, die Sonja besorgt hatte. Als er noch ein junger Mann war, hatte er sich vorgestellt, daß er in dem Alter, das er nunmehr erreicht hatte, eine Art respektabler älterer Herr sein würde, mit einer vielköpfigen Familie und kleinen Enkelkindern, die zu ihm Opa sagen und ihn ein wenig fürchten würden. In Wahrheit fühlte er sich nicht mehr als Großvater denn als göttlich erwählter Novize. Er hatte sich nicht verändert. Die Photographien behaupteten zwar das Gegenteil, aber er wußte genau, daß tief unten, im Kern der Hülle, immer noch derselbe Junge verborgen war. Insgeheim hatte er auf nichts verzichtet. Vielleicht ging es allen anderen genauso, die Unterschiede ergaben sich aus dem Grad der Verstellung. Wenn Émile Violette ansah, glaubte er oft, das Mädchen zu sehen, das sie einst gewesen sein mußte. Wenn er Harriet ansah, sah er die untreue, aber vollkommene Gattin, die sie einmal abgeben würde. Nein, es gab kein gemeinsames Schicksal; Violette war etwas Besonderes, und er auch.

»Was werden Sie jetzt tun?« fragte sie plötzlich, die Stimme voll aufrichtigem Mitgefühl.
Sie wollte nicht mehr, daß er fortging. Sie wollte lachen. Irgendwie bedauerte sie, daß sie sein Angebot abgelehnt hatte. Sekretärin war genauso gut wie Gärtnerin.
Was soll ich tun? überlegte Hortchak daraufhin. Was strebte er gegenwärtig an? In den letzten sechs Tagen war er keinen Millimeter vorangekommen. Nachdem Harriet weggegangen war, hatte er beschlossen, sein Büro neu zu ordnen. Zuerst hatte er seinen Schreibtisch verstellt. Die schwarze Tafel stand jetzt nicht mehr vor, sondern hinter ihm. Jenseits der Fensterscheiben, die Herr Pile, der Hauswart, jeden Tag mit einem in Spiritus getränkten Lappen blankrieb, erstreckte sich vor seinen Augen das Tal. Das Gras war mit kleinen gelben Blümchen gesprenkelt. Zwischen den Bäumen war undeutlich das gewundene Band einer grau-mauvefarbenen Straße zu erkennen.
Hätte man am Abhang eines dieser indigoblauen Hügel, die den Horizont verstellten, eine hölzerne Berghütte errichtet, er hätte sich nicht gewundert, Heidi dort inmitten ihrer Geißenschar umherspringen zu sehen.
Während der ersten Stunden seines neuen Lebens als einsamer Wissenschaftler hatte Émile sich in diese Landschaft vertieft. Er hatte sich vorgenommen, aufmerksam alle noch so winzigen Veränderungen und Bewegungen zu registrieren, die das Bild in dem großen Fensterrahmen entdecken ließ. Er verfluchte die vor-

beifahrenden Autos, sie waren ihm zu groß, jeder andere hätte sie auch bemerkt. Worauf er lauerte, waren ein auffliegendes Vogeljunges oder ein Windstoß, der die Fruchtstände einer Butterblume mit sich fortriß. Nach einer Weile hatte er ein Blatt Papier aus der Schublade genommen und zu zeichnen begonnen. Plötzlich war in ihm das notwendige und unabweisbare Verlangen emporgestiegen, darzustellen, was er sah. Nach drei unbeholfen hingezeichneten Linien mußte er aufgeben. Ein Affe stellte sich weit geschickter an als er.

»Ich will sagen, ohne Ihre Sekretärin«, nahm Violette den Faden wieder auf. Sie glaubte, ihr Nachbar hätte die Frage nicht verstanden. »Wie werden Sie ohne das Mädchen zurechtkommen?«

»Ach ja!« rief Hortchak begriffsstutzig. »Stellen Sie sich vor, ich komme sehr gut ohne sie zurecht. Seitdem sie fort ist, klingelt das Telefon nicht mehr. Eigenartig, nicht wahr.«

Violette zog skeptisch die Augenbrauen zusammen.

»Doch, doch, natürlich. Ich gebe zu, daß auch ich am ersten Tag beunruhigt war. Ich habe dazu zwei Hypothesen aufgestellt. Entweder hat Harriet die Leute immer selber angerufen und ihnen das Schlimmste angedroht, falls sie mich nicht zurückrufen sollten, oder meine Gesprächspartner haben nur angerufen, weil es ihnen Vergnügen bereitete, ihre Stimme zu hören. Eine andere Lösung gibt es nicht.«

»Vielleicht ist Ihre Leitung gestört«, brachte Violette zaghaft vor.

Hortchak fegte diese Vermutung mit einer Handbewegung vom Tisch. »Nein, nein, unmöglich. Es ist viel deprimierender. Ich glaube, daß ich bis jetzt in einer Welt der Illusionen gelebt habe.«

Émile hatte nicht vorgehabt, ihr das zu sagen. Gewöhnlich dachte er vor dem Reden nach, nicht umgekehrt. Etwas Wahres zu sagen war ein unvergleichliches Vergnügen. Er fühlte sich erleichtert und lebte auf, als hätten seine eigenen Worte ihn geheilt.

»Nur sehr wenige Menschen verstehen die Welt wirklich«, sagte Violette.

Hortchak lächelte ihr zu.

»Woher kommen Sie?« fragte er unvermittelt.

Violette schwieg eine Weile, dann antwortete sie ruhig: »Von weit her.«

Die Männer, Frauen und Kinder, die seit Jahrhunderten im Gänsemarsch durch die Wüste wanderten, erschienen in einem abgelegenen Winkel ihres Gedächtnisses, ebenso deutlich wie ihre Kindheit.

»Manchmal frage ich mich wirklich, was ich hier soll«, fügte sie hinzu.

»Demnach sind wir Verwandte«, sagte Hortchak mit einem Lächeln des Einvernehmens.

Violette schüttelte den Kopf.

»Die Geschichte ist auf Ihrer Seite«, sagte sie mit gesenktem Blick.

Hortchak verstand nicht, was sie damit sagen wollte. Er hätte eine deutliche Antwort vorgezogen. Er brauchte Tatsachen, Namen, die er auf die Dinge heften konnte, Fähnchen auf der Weltkarte.

»Wir sind nichts als Marionetten«, sagte er, um sie zu beeindrucken.

»So etwas nennt man wohl ein Klischee, oder irre ich mich?« erwiderte sie schlagfertig. »Es gibt keine Erklärung, verstehen Sie? Es gibt nichts, was das Glück der einen und das Unglück der anderen rechtfertigen könnte. Ich gäbe viel darum …« Sie unterbrach sich plötzlich, aus Angst, zu weit zu gehen. Sie war noch nicht bereit, sich jemandem anzuvertrauen. Sie dachte an ihre kleinen weißen Tabletten. Fast hätte sie ihm gestanden, daß sie für sie das Geheimnis der Welt vollständig enthielten.

Sie lächelte ihn an und wies mit dem Kopf zur Tür. Émile erhob sich mit zitternden Händen. Er hätte gern ihr Haar gestreichelt. Er wäre gern zwanzig Jahre jünger gewesen und hätte verstanden, warum man sich in dieser kleinen Welt so verlassen fühlen konnte.

VIOLETTE LEHNTE SICH aus dem Fenster. Sobald sie hörte, daß die Bremsen des Busses gelöst wurden, nahm sie die Pillendose fest in die Hand und warf sie in den Mülleimer. Sie setzte sich der Tonpuppe zugewandt aufs Bett, strich ihr zerstreut über den Scheitel. Obwohl ihr, wie beim ersten Mal, die Kehle weh tat, hatte sie weniger Angst. Am Hügelhang, das Kleid zu klein, der Schatten, der sich schreiend nähert. In Wirklichkeit versteht sie, was der Schatten ihr sagt. Der Schatten ist ein Junge. Sie kennt den Jungen. Sie weiß auch, daß ihr Vater tot und wann er gestorben ist. Ihre Mutter hat ihr davon erzählt, und über seinem Photo

standanden zwei Zahlen, sein Geburts- und sein Sterbedatum. Violette war sehr stolz gewesen, als es ihr gelungen war, die Zahlen zu entziffern, die Tausender, Hunderter, Zehner und Einer. Sie erinnert sich an den Tod ihres Vaters und an Karmin, der ihr die Nachricht überbracht hat. Karmin näherte sich ihr, die Hände in den Taschen, am Hügelhang. Sie lachte. Sie dachte: Wenn er mit den Händen in den Taschen über einen Stein stolpert, wird er auf der Stelle hinfallen. Ihm fehlten bereits die Vorderzähne. Nicht die Milchzähne, er hatte seine zweiten Zähne verloren. Das kommt vom Tabak, hatte er ihr voller Stolz erklärt. Er war zehn Jahre alt. Wenn er keine Zigarette im Mund hatte, steckte eine hinter seinem Ohr.
Alle machten sich über Karmin lustig. Er war ein ständiger Anlaß zur Heiterkeit. Man konnte sich seine Zähne vornehmen, und wenn man damit fertig war, seine Augen, vor allem das eine, immer halb geschlossene. Außerdem hatte er Haare, die wie ein zerzaustes Kornfeld aussahen, eine sommersprossige Haut und einwärts gedrehte Füße, zwei furchtsamen Maulwürfen ähnlich, die schüchtern ihre Schnäuzchen aus den löchrigen Schuhen steckten. Allen Spötteleien begegnete er auf die gleiche Art: Er zuckte die Achseln und blickte mit dem gesunden Auge gen Himmel. Er war mager und roch nach Mist, Ziegenmilch und Zigaretten. Violettes Mutter nannte ihn »Dreckspatz«, aber Violette hatte ihn einmal im Traum »Fürst der Finsternis« genannt.
Ganz langsam näherte er sich ihr, und sofort bekam sie

Angst. Je größer die Angst wurde, desto lauter lachte sie. Die Steine rollten unter seinen weichen Sohlen weg. Er sah sie nicht an. Mit jedem Schritt wirbelte er den Staub zu einer Wolke auf. Zweimal schrie er Violettes Namen. Ohne den Blick zu heben. Mit dumpfer Stimme, als hätte man ihn dazu gezwungen, als hätte er ihn auswendig gelernt und als würde er ihn nun ohne jede Begeisterung wiederholen. Heute kann sie ihren Namen verstehen, aber sie ist sich nicht sicher, ob sie ihn damals erfaßte. Die Worte hatten nicht dieselbe Bedeutung wie heute. Als sie noch klein war, waren die meisten Worte für sie nur Schreie, die ihr nicht sinnvoller schienen als die Sprache von Ziegen. Auch sie schrie. Sie sagte: »Dreckspatz, grüß dich, Dreckspatz!« Nie hatte sie ihn vorher so genannt. Wie hatten sich die Wörter ihrer Mutter von selber in ihren Mund gestohlen? Sie weiß es nicht. Er zuckte die Achseln. Sie lachte noch heftiger. Als er bis auf einen Meter herangekommen war, blieb er stehen und sagte: »Dein Vater ist tot.« Nein, diese Worte gebrauchte er nicht, denn er sagte es in ihrer Sprache. Auf französisch ist es nicht dasselbe. Auf französisch tut es kein bißchen weh. Sie hört die Worte in ihrer Sprache, aber sie kann sie nicht aussprechen. Ihre Kehle schnürt sich zusammen, sie möchte losheulen. Er sprach, ohne sie anzusehen, und sie antwortete gleich: »Und weißt du, mit wem deine Mutter schläft? Sie schläft mit Berzia.« Sie wiederholte etwas, das sie irgendwo aufgeschnappt hatte. Sie wußte nicht einmal mehr, von wem. Doch als sie es gehört hatte, wußte sie sofort, daß es stimmte, und des-

halb war es so schlimm, daß sie es gesagt hatte. Diesmal zuckte Karmin nicht mit den Achseln. Sein Auge blieb starr nach vorn gerichtet.
Tränen begannen Violette über die Wangen zu laufen. Sie legte sich auf ihr Bett, die Tränen rannen bis zu den Ohren, und sie schlief ein. Als sie aufwachte, war es ein Uhr mittags.

»Hortchak?«
»Am Apparat.«
»Hier ist Violette Opass.«
Émiles Herz zog sich zusammen.
»Haben Sie sich meiner erbarmt?«
»Wie meinen Sie das?« fragte Violette.
»Ich habe Ihnen doch erzählt, daß mich niemand mehr anruft. Also haben Sie sich ein bißchen bemüht.«
»Ich habe mich sogar sehr bemüht«, erwiderte sie unvermittelt. »Seit einer Stunde laufe ich Ihrer Telefonnummer hinterher. Der Typ bei der Auskunft hat mich behandelt, als wäre ich paranoid. Glauben Sie mir, das kann ich nicht brauchen, schon gar nicht jetzt.«
»Wir stehen im Telefonbuch«, sagte Hortchak.
»Was soll das heißen, wir? Leben Sie in einer Kommune oder was?«
»Sie haben das Institut angerufen, Violette. Wie haben Sie die Nummer herausgefunden?«
»Schwarze Magie«, antwortete Violette. »Das geht Sie nichts an.«
In diesem Augenblick klopfte es an der Tür, und Ingembe betrat Émiles Büro. Nachdem sein Vorgesetzter

ihn wortlos zum Eintreten aufgefordert hatte, setzte er sich auf einen Sessel und begann, hingebungsvoll mit seinen Fingergelenken zu knacken.

»Darf ich erfahren, was mir die Freude Ihres Anrufs verschafft?« fragte Hortchak geziert.

Hätte jemand ihn darauf hingewiesen, daß er ganz anders redete, seitdem Ingembe ins Zimmer gekommen war, er hätte sich geärgert. Er hielt sich für einen reifen Mann, der sich wohl fühlte in seiner Haut und niemandem Rechenschaft schuldig war, schon gar nicht einem bartlosen Lispler wie Ingembe.

Violette kannte den wahren Grund für die Veränderung in seiner Stimme nicht und entspannte sich. Sie hatte Höflichkeitsformeln gern. Sie war sich dessen zwar nicht bewußt, aber sie war immer die erste, die sich von derlei Geschmeidigkeiten einwickeln ließ. Für ihre Ohren war das weit mehr als schmückendes Beiwerk. Es war Sprachmusik.

»Ich rufe wegen Ihres Vorschlags an«, sagte sie nach kurzem Zögern.

»Hervorragend, großartig!« rief Hortchak und gab seinem jungen Kollegen ein rätselhaftes Zeichen mit der Hand; er wußte selbst nicht, was er mit diesem undeutlichen Gefuchtel ausdrücken wollte.

Ingembe verzog keine Miene. Seine Zweifel über die Absichten seines Chefs schrieb er seiner eigenen Zerstreutheit zu. Lange schon hatte er es sich zur Gewohnheit gemacht, nur einen winzigen Teil dessen zu verstehen, was gesagt wurde oder sich ereignete. Er betrachtete die Wirklichkeit wie einen Eisberg: Er wußte genau,

daß ihm neun Zehntel des Schauspiels entgingen, aber was tun? Das Wasser war gefroren.
»Das geht in Ordnung«, sagte Violette.
»Wirklich?« fragte Hortchak. Auch wenn er bald vor Scham gestorben wäre, er konnte einfach nicht sagen, worauf seine Nachbarin anspielte.
»Ich würde mich sehr freuen, Sie auf den Empfang, von dem Sie mir erzählt haben, zu begleiten.«
Diesen Satz auszusprechen bereitete ihr ungefähr soviel Vergnügen wie in gläserne Pantoffeln zu schlüpfen.
»Ausgezeichnet«, antwortete Hortchak.
»Wir sprechen also morgen noch einmal darüber?« fragte Violette schüchtern. Es beeindruckte sie, wie bestimmt und brillant er das Gespräch führte.
»So ist es, Violette, ich grüße Sie.«
Kaum, daß Hortchak den Hörer aufgelegt hatte, errötete er vom Hals bis zu den Haarwurzeln. Ingembe merkte nichts. Er war vollauf mit dem letzten Glied seines rechten Mittelfingers beschäftigt, das einfach nicht knacken wollte.
Ich hab' sie abgewimmelt, dachte Hortchak und ließ den Kopf in die Hände sinken. Sie hat mich zum ersten Mal angerufen – heutzutage, in unserer modernen Zeit, gilt so ein erster Telefonanruf viel –, und ich habe nichts Besseres zu tun, als ihr mit ›hervorragend‹ und ›ausgezeichnet‹ das Wort abzuschneiden.
Plötzlich hüstelte er panisch. Führte er Selbstgespräche? Hatte Ingembe etwas gehört?
Das widerspenstige Glied knackte, und Ingembe

schaute auf, ein postkoitales Lächeln auf den Lippen.

»Störe ich auch nicht?« fragte er und sah das Telefon an.

»Ganz und gar nicht«, antwortete Hortchak beruhigt. »Wie geht's bei euch? Ist sie tüchtig, die kleine Harriet?«

»Ja, ein sehr begabtes Mädchen. Sie hat viel Intuition.« Ingembe senkte die Lider und hielt die Hand vor den Mund, bevor er weitersprach: »Sie hat gelitten. Na ja, ich weiß nichts Genaues, aber das spürt man. Sie ist ein Mensch, der gelebt hat. Verstehen Sie, was ich meine?«

Hortchak hatte nicht zugehört, aber er nickte energisch.

»Sie hätten sie vielleicht bei sich behalten sollen«, fuhr Ingembe fort. »Ich bin überzeugt, sie hätte ihre Fähigkeiten in Ihrem Forschungsgebiet genauso optimieren können wie in meinem. Tatsächlich wollte ich sichergehen, daß Sie es nicht bedauern.«

Weil Ingembes Gesicht einen erwartungsvollen Ausdruck hatte, folgerte Hortchak, daß er wohl etwas gefragt haben mußte. Es hätte ihm einige Verlegenheit bereitet, darauf zu antworten, denn seit er den Hörer aufgelegt hatte, hatte er nicht ein einziges Wort verstanden. Er setzte eine nachdenkliche Miene auf, weil er dachte, sein Schweigen würde Ingembe veranlassen, die Frage zu wiederholen. Doch anscheinend teilten die beiden Männer nicht denselben Verhaltenskodex, denn Ingembe sprang auf, als ob sein

Sessel plötzlich in Flammen stünde, und eilte zur Tür.
»Ich glaube, ich verstehe«, sagte er wütend, bevor er hinausging.
Arme Harriet, dachte er, als er mit großen Schritten durch den Flur eilte, der die beiden Dienststellen verband. Sie ist in diesen verrückten Alten verliebt.

Im Geiste lispelte Ingembe nie. In Gedanken konnte er Hortchak als verrückten Alten bezeichnen. Im Traum brachte er Harriet weit fort von diesem Herzensbrecher, damit sie mit ihm die wahre Liebe entdeckte.
Es war Liebe auf den ersten Blick gewesen. Schon öfter war er ihr zwischen den Bürotüren über den Weg gelaufen. Als sie jedoch in sein Büro gekommen war, als sie dann gesagt hatte, daß Hortchak sie geschickt habe, damit sie ihn bei seinem Kolloquium unterstützte und in die Psychomotorik des Säuglings einarbeitete, als er schließlich den Blick von seiner Arbeitsplatte gelöst hatte und um den Aktenstapel, der ihm vom Boden bis zur Taille reichte, herumgegangen war, hatte sich etwas Magisches ereignet: Er hatte sie angesehen. Seit einer Woche teilten sie jetzt dasselbe Büro. In einigen Tagen, wenn die Arbeiten im ersten Stock beendet wären, würde Harriet ihn verlassen und sich dort einrichten. Doch im Augenblick gehörte sie ihm allein, und Ingembe war glücklich. Es war nicht seine Gewohnheit, Frauen anzusehen, nicht mehr jedenfalls, als er irgend etwas anderes ansah.

Seit zwei Jahren war er mit einem Mannequin verheiratet, aber erst das Verlangen im Blick seiner Kollegen hatte ihn erkennen lassen, daß seine Frau außergewöhnlich schön war. Es bedeutete ihm jedoch ebensowenig wie die Position eines Bauern auf dem Schachbrett für jemanden, der das Spiel nicht kennt. Trotzdem hätte er nicht abgestritten, daß es ihm in den letzten Monaten Vergnügen bereitet hatte, ihre schwellenden Brüste zu betrachten. Sie war schwanger, was für eine Überraschung!

Als er Hortchak verließ, versuchte er, sich den Embryo in seiner Behausung vorzustellen. Da prallte er mit voller Wucht gegen Harriet, die rückwärts aus ihrem Büro kam.

Sie drehte sich verwirrt um, er entschuldigte sich stotternd, den Mund voller Spucke. Dabei schwenkte er seine großen Hände wie die strohgefüllten Arme einer Vogelscheuche.

»Ich habe ein paar alte Akten gefunden, die Professor Hortchak interessieren könnten«, sagte sie. »Ich bringe sie ihm.«

Sie dachte nur an ihn. Immer mußte sie ihm ein paar Zeilen schreiben, ihn an dies oder jenes erinnern. Ingembe schüttelte den Kopf mit der Andeutung eines Lächelns auf den Lippen. Er hatte zwar manchmal eine lange Leitung, was soll's, aber blöd war er nicht: Diese Frau war verliebt. Er kam zu seinem Schreibtisch, lauschte, bis er es nicht mehr hörte, dem Klacken ihrer Absätze auf den Bodenfliesen, dann fragte er sich, was aus ihm werden sollte. Er würde seine Frau nicht verlassen; er hatte ihr nichts vorzuwerfen. Aber vielleicht würde sie ja fortgehen – nach der Geburt des Kindes zum Beispiel. Ja, warum eigentlich nicht? So schwarz sah das alles gar nicht aus.

6

HORTCHAK BEDANKTE SICH KAUM bei Harriet, als sie ihm den Papierstapel auf den Schreibtisch legte. Was war nur los mit diesen jungen Leuten, mußten sie immer um ihn herumschleichen? Hatten sie nichts Besseres zu tun? Als er wieder allein im Zimmer war, versuchte er sich zu erinnern, warum Ingembe bei ihm vorbeigeschaut hatte. Was hatte er ihn doch gleich gefragt? Aber warum sollte er sich das Hirn zermartern? Wenn es wirklich etwas Wichtiges war, würde er schon nicht lockerlassen. Er hatte genug von dieser Unruhe, diesem ewigen Herumscharwenzeln junger Genies. Was hatte ihn nur geritten, daß er die Leitung dieses Instituts übernommen hatte? Die Universität war so gütig zu ihm gewesen, eine Matrone voller Nachsicht, der es nie in den Sinn gekommen wäre, ihren Nachkommen die Zeit vorzurechnen, die sie damit verschwendeten, dieselbe Bibliographie fünfmal abzutippen, und die ihnen auch nicht die ebenso dämlich wie frisch aussehenden Studentinnen vorhielt, die sich lachend mit einem schelmischen Blick von unten herauf entschuldigten, wenn sie einen Relativsatz nicht von einer Umstandsergänzung unterscheiden konnten. Das Prestige hatte ihn verlockt.

Fürwahr, was für ein Erfolg! Die Frau, die ihm nicht

mehr aus dem Kopf ging, hielt ihn für einen abgehalfterten Arzt. Und diese Rotznase, dieser Flegel, den Jabrowski ihm aufgehalst hatte, hatte ihn, kaum daß er seine Notizen durchgesehen hatte, angerufen, um ihm mitzuteilen, daß seine Überlegungen zwar überholt, aber bewundernswürdig formuliert seien. Eins war klar: Gabriel Schwartz wartete nur darauf, den Laden zu übernehmen. Er war begabt. Sein kleiner Sermon über den Beitrag des Pragmatismus zur sprachlichen Aussage hatte ihn hinreichend entlarvt. Wenn du meinen Platz haben willst, du kleiner Nußschalenmozart, dann kannst du ihn haben, du brauchst nicht erst auf meine Pensionierung zu warten. Ich bin zu Tode erschöpft. Ich werde ihm meine letzten Aufzeichnungen übergeben, ihn damit beauftragen, mein Buch für mich zu Ende zu schreiben. Alle werden zufrieden sein, und ich werde mit meiner kleinen Nachbarin eine Kreuzfahrt unternehmen.

Émile versenkte sich in den Anblick der Wiese und versuchte, sich Violette in dem zum Festsaal umgewandelten Versammlungsraum vorzustellen. Violette mit einem Glas Champagner in der Hand, Violette, wie sie mit der Verwaltungsdirektorin spricht, Violette, die mit Ingembe tanzt, Violette, die Harriet abschätzig mustert, Violette, die Königin des Abends, Violette, die Häppchen herumreicht und für jeden ein liebenswürdiges Wort übrig hat, Violette als seine Frau, dieses Fest als die Taufe ihres ersten Kindes. Das einzige, was nicht paßte, war ihre Aufmachung: Er konnte sich seine Nachbarin nicht anders als im Nachthemd oder in

Cordhosen und Gummistiefeln vorstellen. Er hätte ihr vielleicht doch ein oder zwei Tips geben sollen, als sie ihn nach der Kleiderordnung gefragt hatte. Er hätte antworten sollen: »Nein, nichts Besonderes, nur ein schlichtes Kleid und eine Halskette.« Ohne daß er es merkte, überkam ihn Unruhe. Violette gehörte nicht in seine Welt, und dabei ging es nicht nur um die Gummistiefel. Er hätte nicht zu sagen gewußt, ob sie über ihm stand oder ob sie unter seinem Niveau war.

Als er zum ersten Mal eine Freundin mit nach Hause gebracht hatte, um sie seiner Familie vorzustellen, hatte er sich für seine Mutter geschämt. Nach einer fürchterlichen Stunde, die sie damit verbracht hatten, wortlos selbstgebackene Kekse in den Tee zu tunken, hatte er sie für das gehaßt, was sie war: eine schüchterne Hausfrau, deren köstliches Gebäck immer den Eindruck erweckte, jemand hätte es mit Füßen getreten – warum, wußte er nicht. Noch mehr hatte er seine Freundin Véronique Frachet gehaßt, weil er ihr nicht verzeihen konnte, daß sie, die so jugendlich, sauber und französisch war, durch ihre bloße Anwesenheit seine Mutter in diesem reichlich katastrophalen Licht erscheinen ließ. Er hatte das Experiment nie wiederholt. Fünfunddreißig Jahre später war er immer noch nicht verheiratet, und seine Mutter war seit geraumer Zeit tot. Plötzlich fühlte er sich schuldig.

Bisher hatte er seine Freundinnen immer so gewählt, daß sie seiner Mutter sicherlich nicht gefallen hätten. Wenn er mit ihnen schlief, machte es ihm Spaß, sich dabei ihr Gesicht mit den geschlossenen Lidern, den verspannten Zügen vorzustellen, das schockierte »Ts, Ts«, das ihren dünnen Lippen entwich. Es wurde ihm jedoch schlagartig klar, daß seine Mutter keine Jungfrau mehr war; sie teilte mit ihm das Geheimnis der Sexualität. Im übrigen sagte er sich, daß jede Jungfrau schon viel früher von diesen Dingen wußte als jeder beliebige Lebemann. Véronique Frachet beispielsweise sah gar nicht eingeschüchtert aus, als er ihr einmal im Kino unter den Rock gefaßt hatte. Bei ihm hingegen hatte allein diese Geste ein so überwältigendes Gefühl ausgelöst, daß er sich aus Angst, zu weit zu gehen, sofort zurückgehalten hatte. Die Frauen waren abgebrüht, sie alle waren Hexen.

Véronique war die erste in einer langen Serie reservierter schmaler Handtücher gewesen: steif, große helle Augen, lange dünne Beine, flacher Bauch, knabenhafte Hüften. Sie alle hatten die spitzen und nasalen Stimmen wohlerzogener Mädchen mit katholischer Schulbildung, die in vornehmen Vororten wohnten. Vanessa, die bisher letzte von ihnen, hatte ihm zur Trennung eine Krawattennadel geschenkt. Er benutzte sie, um damit die angebrochenen Kartoffelchipspakkungen zu verschließen; er mochte keinen Schmuck. Gegen Ende ihres Lebens hatte seine Mutter unendlich viele Kartoffelchips verzehrt – was für eine dumme Assoziation. Émile schlug mit der flachen Hand auf seinen Schreibtisch. Die Fliege, die er im Visier gehabt hatte, war rechtzeitig aufgeflogen. Er nahm ein Blatt und begann, Kreise darauf zu malen; kleine, mittlere und große Kreise, in einem Zug oder sehr langsam, mit angehaltenem Atem. Violette war anders als die anderen, aber sie war auch nicht wie seine Mutter: Sie sprach akzentlos Französisch, sie trug beim Kochen keine Schürze, sie versteckte ihre Haare nicht unter einem Tuch und bot auch keine selbstgebackenen Kekse an, sobald ein Neuankömmling über ihre Schwelle trat. Violette war eine moderne Frau. Sie hatte einen Fernseher, sie kannte die Welt, sie würde in einem dem Anlaß angemessenen Kleid zu dem Empfang erscheinen. Seine Mutter hatte auch einen Fernseher gehabt. Sie schaute nie hin, aber der Apparat lief immer. Émile dachte, daß es aus Höflichkeit den Leuten gegenüber geschah, die auf dem kleinen Bildschirm vorüberzogen.

Seine Mutter bei seiner Disputation: Sie wirkte kleiner als gewöhnlich, das Kopftuch hing ihr schief in die Stirn, das Kleid, das sie schon bei Francines und Gilberts Hochzeit fünfzehn Jahre zuvor getragen hatte, war ihr viel zu eng. Das macht nichts, ich werde meinen Mantel anbehalten. Und natürlich hatte sie wegen des Mantels fürchterlich geschwitzt.

»Also Hortchak, Sie böser Junge, Ihre Mutter hat mir verraten, daß Sie ihr verboten haben, zum Umtrunk selbstgebackene Kekse mitzubringen.« Das hatte Janine van Osselvet gesagt, ein Mitglied der Jury. Damals war er unsterblich in sie verliebt gewesen.

Er war dem Blick ihrer großen grünen Augen ausgewichen, hatte seine Augen an ihren Rocksaum geheftet. Die Knöchel seiner Professorin waren atemberaubend.

»Sie ist eine Frau, ganz wie es sich gehört«, hatte seine Mutter ihm ins Ohr geflüstert, nachdem van Osselvet sich verabschiedet hatte, nicht ohne die Empfehlung an Frau Hortchak, gut auf ihren kleinen Spatz aufzupassen.

Merkst du denn nicht, daß sie dich verachtet? hatte Émile gedacht. Wie soll man mich nur ernst nehmen, wenn du mir ständig an den Hacken klebst, mit deinem schlecht geschnittenen Pelzmantel und deinen dicken müden Füßen?

»Arme Mama, du mußt erschöpft sein«, hatte er schließlich gesagt. »Soll ich dich zurückbegleiten?«

Zelda hatte arglos lächelnd genickt. Sie waren im strahlenden Sonnenschein untergehakt zur Bushaltestelle gegangen: ein magerer junger Mann im dunklen Anzug und eine korpulente, erschöpfte Dame mit schiefem Kopftuch. Nie zuvor war Émile so traurig gewesen.

Vor ihrem Kleiderschrank tanzte Violette von einem Fuß auf den anderen. Kleider, die an Bügeln hingen, machten ihr Angst, weil sie sie unweigerlich an Blaubarts sieben Frauen erinnerten, denen er in dem kleinen Nebenzimmer die Kehle durchgeschnitten hatte. Wenn sie einen Arm zwischen zwei Kleider steckte, fürchtete sie immer, auf eine andere, zwischen den Stoffen verborgene Hand zu treffen. Das Skelett im Wandschrank, dachte sie. Sie wußte, daß man im Vaudeville-Theater mit diesem Ausdruck die Geliebte oder den Liebhaber bezeichnete, doch jedesmal, wenn ihr das Wort in den Sinn kam, was häufig geschah, mußte sie ihm zwangsläufig eine andere Bedeutung geben. Jahrelang war es Tals Hand, die sie im hintersten Winkel ihres Schranks zu finden fürchtete. Hätte sie länger über diese Befürchtung nachgedacht, dann hätte sie sich eingestehen müssen, daß es fast eine Hoffnung war. Sie hatte nicht genug Zeit gehabt, um Tals Körper gut genug kennenzulernen, aber sie stellte sich genau die Farbe und Beschaffenheit seiner Knochen vor. Aufrichtige Menschen haben ein milchweißes Skelett, fest und zart wie das Innere eines Baumstammes.

Im Augenblick jedoch griff im Schatten der aufgehängten Kleider eine andere Hand nach ihr. Die Hand ihres Mannes kam aus dem Nichts, um sie zu beruhigen. Die Hand ihrer Mutter hingegen streckte die Krallen nach ihr aus, um sie auf die andere Seite zu ziehen. Gern hätte sie jemandem erzählt, daß diese Zauberhände nach ihr griffen, aber sie war mißtrauisch. Die Leute hätten sie für verrückt gehalten, hätten sie und ihre krankhaften Gedanken gemieden. Ich bin nicht verrückt und nicht krank, überlegte sie, ich nehme es nur hin, daß ich, wie jedes beliebige Kind, Sachen sehe, von denen die Erwachsenen nichts mehr wissen wollen.

Es war nicht nebensächlich, welches Kleid sie beim Institutsempfang tragen würde. Man war niemals unschuldig, wenn man andere Kleider anzog als die, welche einem zufällig in die Hand fielen. Violette wählte nicht gern aus. Sie erinnerte sich nicht gern daran, wie kokett sie früher gewesen war; an diesem Wort mißfiel ihr schon die Anordnung der Silben. Als Tal als vermißt gemeldet wurde, hätte sie gern alle ihre Kleider in Fetzen geschnitten und den Schleier genommen. Aber sie war nicht katholisch. Frau Hazan, eine strenggläubige Freundin ihrer Mutter, trug eine Perücke, ein Kopftuch über ihrer Perücke, einen langen Rock, darunter einen Unterrock, ein Hemd, darunter ein Unterhemd und über alldem einen Schal. Violette verstand nicht, warum sie Gott durch dieses Übermaß an Bekleidung näher kommen sollte. Sie schämte sich zu Tode und hätte es nie jemandem gesagt – aber es schien ihr, als seien die Christen mit ihrer groben Wollkutte ihnen um einen Schritt voraus. Nüchterner, reiner, dem Wesentlichen näher. Ärgerlich war nur, daß sie selber nicht mehr an Gott glaubte.

Sie hatte mehrmals versucht, ihren Glauben wiederzufinden. Es kam ihr lächerlich vor, daß sie unter dem Vorwand, Er würde ihre Gebete nicht erhören, beschlossen hatte, nicht mehr an Ihn zu glauben. Seit dem Tag, an dem Tal zum letzten Mal gesehen worden war, hatte sie drei Monate lang ohne Unterlaß dasselbe Gebet wiederholt, bis zu dem Tag, an dem man seinen Namen in das Denkmal zu Ehren der Gefallenen des Jom-Kippur-Kriegs eingraviert hatte. Nach einer Weile betete sie sogar im Schlaf: Gott, du siehst alles, du siehst Tal. Führe ihn zu mir! Während der Trauerfeier hatte sie diesen Satz ein letztes Mal gesprochen und war bestürzt von seinem Klang. Sie hatte ihre Hand auf den Mund gelegt, weil sie nicht wußte, ob sie lachen oder weinen sollte. Siehst alles, siehst Tal. Gott erhörte keine Kauderwelschgebete. Aber da es ihn nicht gab, war es auch ohne Belang. Im Grunde war Gott bei ihr nicht nur deshalb in Ungnade gefallen, weil er ihren Mann nicht zurückgebracht hatte. Als sie erfahren hatte, daß Tal Opass für tot erklärt worden war, hatte sie noch an Gott geglaubt. Jetzt fiel es ihr wieder ein. Damals hatte sie sogar den Eindruck gehabt, daß über ihrem Kopf ein großes Auge freundlich zwinkerte.

Es war ein unmögliches Begräbnis. Es gab keine Erde, keinen Sarg, keine Leiche; nur Soldaten überall, einen großen, mit unbekannten Namen bedeckten Stein und ihre Mutter, die ihr aufmunternd in den Rücken stieß, damit sie alle Anwesenden begrüßte. Sieht alles, sieht Tal. Die Sonne, der knirschende Kies, der unfaßbar fröhliche Vogelgesang und eine bedrückend feierliche Rede, gehalten in einer Sprache, die Violette nicht mehr sprechen konnte und nicht mehr verstehen wollte. Irgendwo ist Gott, wer weiß wo, hatte Violette sich gesagt. Irgendwo ist Tal, sein Körper muß irgendwo sein, wer weiß wo. Es ging nicht anders, sie mußte entscheiden, daß es dieses *Wo* nicht gab. Tal hatte sich in ihrem Gedächtnis aufgelöst, und Gott war im selben Strudel des Nichts verschwunden. Als sie jetzt darüber nachdachte, fragte sie sich, ob sie nicht ganz einfach das Paradies wiedererfunden hatte. Aber so war es auch nicht.

Nur ihre Mutter war im Paradies, sonst gab es dort für niemanden mehr Platz.

Violette wußte, daß sie niemals den Mut aufbringen würde, ihre Hand in den Stoffschatten zu schieben;

heute bestimmt nicht. Es war zwecklos, den Tag damit zu vergeuden.

Als sie die Boutique betrat – Myrena Damenmoden –, fühlte sie sich so eingeschüchtert wie ein Tourist, der in Badehosen in die Sixtinische Kapelle eindringt. Sie dachte, daß der Blick, den ihr die Verkäuferin zuwarf, sich nicht von dem unterschied, den der Papst auf den verirrten Urlauber gerichtet hätte.

»Kann ich Ihnen behilflich sein?« fragte die junge, magere Verkäuferin mit dem öden Dekolleté trocken, wobei sie unentwegt Kaugummi kaute.

»Ich hätte gern ein Kleid«, antwortete Violette unerwartet selbstsicher.

»Was für ein Kleid?« fragte das Mädchen und spielte an den Kleiderbügeln herum.

»Nichts Schwarzes«, sagte Violette.

Die Verkäuferin verdrehte die Augen. Dann musterte sie Violette abschätzend.

»38, gut 38, würde ich sagen.«

Violette drehte sich um und sah auf die Straße hinaus. Das war ihre Art, sich der Welt da draußen zu vergewissern.

»Wie wäre es mit dem hier?« sagte die Verkäuferin und nahm ein rotes Samtkleid vom Kleiderständer. »Das würde Ihnen gut stehen«, fügte sie ohne Begeisterung hinzu.

»Es ist ein bißchen … ein bißchen zu …«, begann Violette.

»Zu elegant?« Das Mädchen hängte seufzend den Bügel zurück.

Nein, dachte Violette, ein bißchen zu häßlich.
Sie ließ ihren Blick über die Reihe der hängenden Kleider wandern und hoffte, daß ihr eines ein Zeichen geben würde. Schließlich wies sie mit dem Zeigefinger zögernd auf etwas schwach Glitzerndes.
»Die Diva?« kreischte das Mädchen. »Warum nicht. Würden Sie bitte in die Umkleidekabine gehen?«
Nachdem der Vorhang geschlossen war, begriff Violette, daß »Diva« der Name des Modells war, das sie gewählt hatte. Es stand auf dem Etikett. Das Oberteil war aus Jersey, bronzefarben und grün gemischt und mit silbrigen Pünktchen versetzt. Gerade lange Ärmel, ein runder Halsausschnitt, der das Schlüsselbein frei ließ. Knapp unter der Brust setzte ein kniefreier Seidenmousseline-Rock an, aus grünen, bronzefarbenen und schwarzen Stoffbahnen.
»Ein hochaktuelles Modell«, rief die Verkäuferin aus dem Verkaufsraum herüber, mit einer Stimme, in der tiefe Langeweile mitschwang.
Violette streifte das Kleid über und fühlte sich augenblicklich wohl darin. Sie hatte einen hübschen Hals und sehr schmale Handgelenke. Das Kleid war genau, was sie brauchte. Als sie aus der Kabine kam, um sich im Standspiegel zu betrachten, musterte die Verkäuferin sie mit dem gleichen ungläubigen und blöden Blick wie Aschenputtels Schwestern, als sie das Schmuddelkind im Ballkleid sahen. Die Füße und Beine nackt, sah Violette sich im Spiegel als Olivenbaumblatt verkleidet.
»Letztlich steht es Ihnen gut«, sagte die Verkäuferin enttäuscht.

»Was macht das?« fragte Violette, wohl wissend, daß die Formulierung schlecht gewählt war.

»Achthundertfünfzig Franc«, erwiderte die Verkäuferin gleichgültig.

Das war viel zu teuer, aber Violette sah keine Möglichkeit zum Rückzug.

»Sie nehmen es?« fragte die Verkäuferin, die ihr Metier verstand und spürte, daß das Schweigen ihrer Kundinnen das Geschäft zu verderben drohte.

Violette drehte sich um ihre eigene Achse, damit sie sich von hinten sehen konnte. Sie hatte nie gelernt, unaufrichtig zu sein, und genau das hätte sie sein müssen, um diesem Kleidungsstück irgend etwas vorwerfen zu können. Sie nickte und spürte sofort, wie sich eine zentnerschwere Last auf ihre Schultern legte.

Während sie sich wieder umzog, setzte die Verkäuferin lautstark die Registrierkasse in Gang. Sadistin, dachte Violette. Ich werde es nie tragen, sagte sie sich im stillen, um sich zu bestrafen.

Sobald sie um die Straßenecke gebogen war, sah sie Véronique, die neue Krankenschwester, vor ihrer Haustür stehen. Véronique kehrte ihr den Rücken zu. Mit dem ganzen Gewicht auf ihren dicken Beinen ruhend, die Füße leicht auseinandergestellt, schien sie beharrlich Wurzeln schlagen zu wollen. Stumm wiederholte Véronique ihren morgendlichen Bioenergetikkurs. Ich spüre mein Becken über meinen Knöcheln, ich steige meine Wirbelsäule hoch, bis zu den Schultern, ich spüre meinen Schädel. Ich stelle mir vor, daß mein Körper von Röhren durchzogen ist. Ich sinke an diesen

Rohren entlang in die Erde. Ich suche in der Erde meine Lebensenergie. Ich lasse sie durch meine Knöchel und Knie hochsteigen. Sie kreist in meinem Bauch und überflutet meine Lungen. Wenn sie meine Schädeldecke erreicht hat, lasse ich alles fallen. Violette kam hinter ihrem Rücken leise näher. Véronique ließ alles fallen und einen fahren. Violette klopfte ihr hocherfreut auf die Schulter.

»Warten Sie auf mich?« fragte sie.

Die Krankenschwester zuckte zusammen und errötete.

»Ich ... ich hatte ... frisch heute«, stammelte sie.

Violette wühlte in ihrer Tasche nach den Schlüsseln. Ein siegreiches Lächeln erschien auf ihren Lippen. »Treten Sie bitte ein«, sagte sie und machte die Tür weit auf.

Véronique ging voran und stieß mit einer Kante ihres Köfferchens an den Türrahmen. »Verzeihung«, entschuldigte sie sich bei der Tür.

Violette stellte pfeifend ihre Sachen ab und bot ihrem Gast einen Kaffee an.

»Nein, vielen Dank«, sagte die Krankenschwester. »Kaffee ist schädlich für die Nerven. Ich hoffe, Sie trinken keinen. In Ihrem Zustand ...«, fügte sie hinzu, um wieder Boden zu gewinnen.

»So wie es um mich bestellt ist«, antwortete Violette.

Sie setzte Wasser in ihrem Kupferkännchen auf und nahm den extrafein gemahlenen Kaffee aus dem Schrank.

»Das sollten Sie aber nicht«, beharrte Véronique, »das

ist gefährlich. Sie könnten einen Rückfall bekommen.«

Violette schenkte ihr ein schwaches Irrenlächeln, wie sie es vor dem Spiegel im Hospital Berthollet geübt hatte.

»O ja, allerdings«, fuhr Véronique entwaffnet fort, während sie ihr Köfferchen öffnete.

»Nun, was haben Sie denn heute Schönes mitgebracht?« fragte Violette, ohne ihren Kaffee aus den Augen zu lassen. »Neue Pillen?«

Plötzlich bekam Violette es mit der Angst zu tun, denn die Krankenschwester antwortete nicht. Wenn sie zu weit ginge, würde sie eine erneute Einweisung riskieren. Sie setzte sich und beobachtete, wie Véroniques dicke gerötete Hände das Blutdruckmeßgerät herausnahmen, ein Schreibbrett, einen Kugelschreiber, einen Rezeptblock und zwei Tablettenschachteln. Sie stand auf, um sich eine Tasse zu holen, und fragte sich dabei, wie lange die Krankenschwester wohl noch schweigen würde. Sie setzte sich wieder und schenkte sich Kaffee ein. Das Geräusch, das entstand, als sie die heiße Flüssigkeit herunterschluckte, dröhnte ihr wie Donner in den Ohren. Ihr Magen gluckerte leise zur Antwort.

Véronique hob die wimpernlosen Augen und starrte sie an, das Kinn leicht vorgestreckt, die Schultern gerade. Violette meinte zu hören, wie der Stuhl unter dem Gewicht der Krankenschwester ächzte. Von der Straße her drang das Geräusch zu ihr, das der Bus immer machte, wenn seine Bremsen gelöst wurden. Etwas in

ihr zerbrach, und sie fühlte, wie ihr die Tränen in die Augen stiegen.
»Bitte sehr«, sagte Véronique und stellte eine dritte Tablettenschachtel neben die beiden anderen. »Reserve«, fügte sie befriedigt hinzu, wie ein Staatsanwalt, der auf lebenslänglich plädiert.
Violette stellte die Tasse ab und hielt folgsam ihren Arm hin, um den Blutdruck messen zu lassen.
»Nicht toll, nein, nein«, sagte Véronique, als sie die Luft abließ. »Praxinor!« verkündete sie und schob Violette eine der Tablettenschachteln zu.
Es entzückte Véronique, daß sie so vorausschauend gewesen war. Sie konnte eine Anämie allein durch den Augenschein diagnostizieren. Einmal hatte sie sogar schon eine Spasmophilie erkannt, als Vitrier auf Verdauungsstörungen getippt hatte. Sie schaute auf viele Leute herab, und diese Verachtung erfüllte sie mit Stolz, ähnlich wie ein Kopfgeldjäger jeden von ihm erledigten Schurken auf seinem Revolvergriff mit einer Kerbe verewigt.
»Eine täglich«, sagte sie, während sie die Worte auf die Schachtel schrieb, und fügte hinzu: »Die blauen und grünen Kapseln nur bei Schwindelanfällen, von den weißen Tabletten ein Viertel morgens, eins mittags und zwei vor dem Schlafengehen.«
»Ich habe keine Schwindelanfälle«, murmelte Violette.
Véronique blickte zum Himmel auf und stieß einen langen Seufzer aus.
»Wer ist hier der Arzt?«

Die Antwort wäre so einfach gewesen: »Weder Sie noch ich. Sie sind nichts weiter als eine kleine unbedeutende Krankenschwester«, aber Violette fühlte sich nicht dazu imstande. Sie fragte sich, was in ihr sie dazu trieb, jedesmal so frühzeitig zu kapitulieren. Sie kam sich vor wie eine Sandburg, die ständig von steigender Flut bedroht wird: hohe Schutzwälle, tiefer Festungsgraben, starke Wände; noch waren die kleinen Wellen weit entfernt. Aber plötzlich, von einem Augenblick auf den anderen, kam das Wasser, es leckte an den Fundamenten, es liebkoste die Mauern, es umspülte das ganze Bauwerk. Und still, mit unnachgiebiger Langsamkeit, erfaßt eine aus den Tiefen des Meeres kommende Welle, tanzend, so daß man ihre Beharrlichkeit für Zärtlichkeit halten mochte, den höchsten Turm.

Violette schloß die Augen und dachte an Hortchak. Émiles Arm legte sich um ihre Schultern.

»Gehen Sie jetzt schlafen«, ordnete Véronique an. »Sie sehen ganz fiebrig aus. Ich komme wieder vorbei.«

Violette brachte sie zur Tür und gehorchte.

Sie träumte von einem Schwimmbecken voller Kinder, die nach ihr riefen und lachend mit den Fingern auf sie zeigten. Sie kletterte in ihrem neuen Kleid auf den Sprungturm, federte dreimal auf dem elastischen Brett und führte einen gewagten Sprung aus. Sie sprang hoch und fiel in langsamen Schraubenbewegungen herunter. Erst im letzten Augenblick, kurz bevor sie ins Wasser eintauchen sollte, bemerkte sie, daß das Schwimmbekken leer war.

Die Nacht war schon angebrochen, als sie aus dem

Schlaf hochschreckte. Sie stützte sich auf die Ellbogen und richtete sich auf. Ihre Arme zitterten unter dem Gewicht. Sie versuchte aufzustehen, aber die Beine trugen sie nicht. Ihr Kopf fiel auf das Kopfkissen zurück, und ihre Augen, in denen Tränen standen, hefteten sich auf das Telefon, das in der Dunkelheit schwach leuchtete. Um ihr Bett herum erhob sich eine Mauer. Sie legte die Hände an den Kopf, drückte sie gegen die Schläfen. Nicht denken. Nicht den Satz aussprechen, der in ihren Gedanken widerhallte, ihn nur nicht wiederholen: »Es gibt niemanden mehr, der an mich denkt.«

7

Émile trank, die Füße auf dem Sofatisch, in kleinen Schlucken seinen Whisky. Ihm war kalt. Sein glasiger Blick ruhte auf einer Mohairdecke, die auf dem Sofa lag, und er versuchte, sie davon zu überzeugen, zu ihm herüberzufliegen, um ihn zu wärmen. Er ließ seine Beine zu beiden Seiten des runden Tischchens auf den Boden fallen und streckte sich der Länge nach aus. Dabei verschüttete er einige Tropfen Whisky auf der Rückenlehne seines Sessels. »Ich segne dich, Amen, Amen, Amen, komm herbei!« rief er der Wolldecke zu. Er brach in Gelächter aus, dann wankte er zum Fenster und wischte die beschlagene Scheibe ab. Dichtes Schneegestöber wirbelte in dem schwarzen Kreis, den er mit der Hand gemalt hatte. Er versank in der Betrachtung des vom Zufall bestimmten Schauspiels.

Nach einer Weile ermüdeten seine weitsichtigen Augen und schweiften tiefer in die weißgesprenkelte Dunkelheit ab. Etwa fünfzig Meter entfernt ging hinter einem Fenster ein Licht an. »Madame Eloi geht aufs WC«, sagte er zu sich und kratzte sich am Kinn. Hinter der Milchglasscheibe bewegte sich ein Schatten. Monsieur Eloi hat beschlossen, vor dem Schlafengehen noch zu duschen, oder ihr halbwüchsiger pickelgesichtiger Sohn geht ins Badezimmer, um eine Zigarette zu rauchen, während seine Eltern das Abendprogramm im Fernsehen anschauen. Hortchak kannte alle Anwohner seiner Gasse mit Namen und Vornamen, was ihn keineswegs mit Stolz erfüllte. Hinterlistig taten sich seine Neugier und sein krankhaftes Gedächtnis zusammen, um seinen Geist mit tausend ähnlichen Kleinigkeiten zu befrachten. Er warf sich auf das Sofa und drückte die Decke an sich. Ein Lied kam ihm unwillkürlich über die Lippen: *I get misty just holding your hand.* Hinter seinen geschlossenen Augenlidern zeichnete sich die kleine ovale Bühne ab, auf der er Irina zum ersten Mal gesehen hatte. Ihre schwarzen Beine skizzierten alle Buchstaben des Alphabets in der Luft und ließen im Dunkel die Pailletten auf ihren Strümpfen glitzern. Ihr Becken bewegte sich kaum, sie ging ins Hohlkreuz, ihre hohen weißen Brüste zitterten. Sekundenlang öffneten sich ihre geschlossenen Augen und schossen einen blauen Strahl unter den falschen Wimpern hervor. Ihre blonden Locken waren entgegen der damaligen Mode nicht geglättet. Sie fielen ihr ins Gesicht wie einem kleinen Jungen seine Schmachtlocke.

»Ich bin eine tanzende, singende Puppe«, hatte sie ihm ins Ohr geflüstert, als er sie nach der Vorstellung in ihrer Garderobe besucht hatte. Ebenso wie der Anblick ihres übertriebenen Make-ups im Neonlicht des Spiegels rief diese Enthüllung ein unbehagliches Gefühl in ihm wach. Irgend etwas stimmte nicht mit ihrer Verkleidung als Flittchen. Was es war, hätte er nicht zu sagen gewußt, aber es berührte ihn peinlich. Schon immer hatte er davon geträumt, eines Tages eine Tänzerin

aufzureißen. Aber sie war nicht vulgär, das war das Problem, er kam sich ihr gegenüber plötzlich schrecklich unbeholfen vor. Über ihrem enganliegenden Trikot trug sie einen schwarzen, in der Taille gerafften Regenmantel. Sie gingen durch die Nacht. Sie sprach nicht. Sie rauchte und lachte kopfschüttelnd vor sich hin. Sie wollte, daß man sie für eine erfahrene Frau hielt, und in gewisser Weise stimmte das auch. Sie war sechsundzwanzig Jahre alt, zwei Jahre älter als er. Émile schwadronierte unermüdlich, erzählte ihr von erfundenen Reisen, von einem Leben, das nicht seines war. Etwa hundertdreiundfünfzig Lügen während eines Spazierweges von einer Stunde.
Sie hatte ihn mit zu sich nach oben genommen. Als er durch die Tür trat, schlug ihm der Geruch der Wohnung entgegen. Gebratene Zwiebeln hatten auf ihn immer wie ein starkes Aphrodisiakum gewirkt. Er faßte sie um die Taille, drehte sie zu sich herum und versuchte, sie zu küssen. Sie machte sich los, legte den Finger auf die Lippen und wies mit dem Blick auf eine verschlossene Zimmertür. Das Elternschlafzimmer. Émile hatte verstanden.
Ihr schmales Bett mit der braunlackierten Holzumrandung, die mit Kuscheltieren vollgestopften Regale. Émile legte seine Hand auf ihre Brüste und schloß die Lider. Als er die Augen wieder öffnete, begegnete er ihrem unwissenden und arglosen Blick, dem Blick eines geistig behinderten Kindes. Er schob seine Hand unter ihre Kleider, als ein rauhes Husten ihn unterbrach. Im Nebenzimmer rang ein alter Mann mit dem Tod. »Ich

kann nicht«, sagte er. Er setzte sich auf den Boden, überwältigt von einer Mischung aus Traurigkeit und Abscheu. »*Look at me, I'm as helpless as a kitten up a tree.*« Irina sang kaum hörbar und streichelte ihm dabei über den Kopf. Ihre Stimme war leise und klar, jeder Konsonant klirrte wie zerbrochenes Glas zwischen ihren Zähnen. Er faßte den Beschluß, mit ihr zu schlafen, weil ihn der Gedanke erschreckte, er könnte sich unsterblich in sie verlieben; es war eine Möglichkeit, sie loszuwerden. Vor dem vorhanglosen Fenster zog sie sich langsam aus, der Mondschein gab ihrem Körper einen stahlblauen Schimmer. Émile wagte nicht, sie anzusehen. Sie drückte ihn gegen das Kissen. Singend zog sie ihn aus. Émile starrte die Decke an, das Atmen fiel ihm schwer. Er wußte, daß es ein Irrtum war. Sie hätten es nicht tun dürfen. Sie hätten warten sollen. Gern hätte er mit ihr gesprochen. An seinem Hals spürte er die Bewegung von Irinas Lippen. »*I'm too misty and too much in love.*« Seine Gedanken waren in Aufruhr, während seine Hände den Rücken des jungen Mädchens hinabglitten, über ihre Seiten strichen. Er dachte an die Sonne, an Spielplätze voller Kinder, an Caféterrassen, an lauter einfache Dinge, die einfachen Menschen Freude bereiteten. Seine Arme umschlangen den zierlichen Körper, und seine Beine schmolzen in seidigem Schauder dahin. Traurigkeit, heftiger als das Verlangen, übermannte ihn, er rollte sich zur Seite und biß in das Kissen. Wir sind keine Erwachsenen, dachte er. Wir sind Hänsel und Gretel, die sich im Wald verirrt haben. Niemals hätten wir vom Pfefferkuchenhaus kosten dürfen.

Als er mit tief in den Manteltaschen vergrabenen Händen nach Hause zurückkehrte, schwor er sich, sie niemals wiederzusehen.

Am darauffolgenden Freitag hatte er an ihrer Tür geklingelt. Er schwitzte entsetzlich in seinem dunklen Anzug; in der Hand hielt er einen Blumenstrauß. Aus der Wohnung näherten sich hallende Schritte, in denen Émile nicht das flinke Klacken von Irinas Absätzen erkannte. Er wollte flüchten.

»*Schabbat Schalom*«, begrüßte ihn der dicke, in einen Kaftan gekleidete Herr, dessen undurchdringlicher, dunkler Schatten scherenschnittartig auf der Schwelle erschienen war.

»*Schabbat Schalom*«, stammelte Émile, vor Schreck wie gelähmt, und fragte mit zittriger Stimme: »Ist Irina da?«

Der Mann drehte sich um.

»Ingele«, rief er in den Flur hinein. »Hier ist jemand für dich.«

Irina erschien, in einem hautengen Kleid und spitzen hohen Absätzen. In der einen Hand hielt sie eine Zigarette, in der anderen eine Auflaufform.

»Komm doch rein, Émile«, sagte sie, »Papa, das ist Émile.«

Der Mann trat finster blickend beiseite. Sein Gesichtsausdruck war unergründlich.

Sie hatten gegessen, ohne daß ein Wort gesprochen wurde. Irina rührte ihren Teller nicht an. Während die beiden Männer kauten, rauchte sie eine Zigarette nach der anderen. Émile glaubte, er würde bei jedem Bissen ersticken. Er konnte Irina nicht in die Augen sehen. Er nahm es ihr übel, daß sie ihm diese Falle gestellt hatte, daß sie dieses aufreizende Kleid trug und am Sabbatabend Zigaretten rauchte. An der Stelle ihres Vaters hätte er sie dafür geohrfeigt, daß sie so ein Würstchen anschleppte, einen atheistischen Dummkopf voll übler Absichten, der sie in ihrem Mädchenzimmer beschmutzt hatte. Er haßte sich, weil er nicht Herr der Lage war und es nicht fertigbrachte, um die Hand seiner kleinen Verlobten anzuhalten. Er verfluchte sein Schicksal, daß es ihn in ein derartiges Versteckspiel gelockt hatte. So erniedrigt war er, daß es keine Wiedergutmachung gab. Sofort nach dem Essen verließ er ihr Haus, gab Irina kühl die Hand und wagte nicht, ihrem Vater in die Augen zu blicken, obwohl er sich gleichzeitig fragte, ob er ihm der Tradition gemäß nicht die Finger küssen müßte.

Nie mehr hatte er etwas von der Tänzerin gehört. Einige Tage später sagte er zu Jabrowski: »Was für ein Mädchen, Alter! Im Bett eine wahre Furie. Und im Nebenzimmer schnarchte der Alte mit dem Ziegenbart ...« Im nachsichtig blickenden Auge seines Freundes hatte er das Spiegelbild seiner eigenen Seele gesehen: schwarz, verkümmert, stinkend.

Als Émile an diesem Abend den vierten Whisky trank, sah er hinter seinen Augenlidern auf einem Schneeteppich einen blonden Engel vorbeigehen, der die Füße auf den Absätzen verdrehte. Irinas Hände lagen auf ihrem Bauch, und sie lächelte dem Kind zu, das in ihr heranwuchs. Der Traum verlor sich in der Nacht. Ein tiefes Schnarchen verdeckte das Geräusch des heruntergefallenen Glases auf dem weichen Teppich und ertränkte in seinem Hall ein undeutliches Kinderlachen.

Am Morgen herrschte die Stille des Schnees. Émile wurde durch eine beunruhigende Helligkeit geweckt. Er hatte die Vorhänge nicht zugezogen; vom weißen Boden gespiegelt, traf der weiße Himmel auf die weißen Mauern. Er war in seinen Kleidern eingeschlafen. Mit dem Handrücken fuhr er sich über seine stacheligen Wangen; das rauhe Geräusch erschien ihm ohrenbetäubend. Sein Kopf war so schwer, daß er glaubte, er müßte auf dem Ledersofa einen Abdruck hinterlassen. Er hatte einen Kater. Als er aufstand, kam es ihm vor, als faltete sich sein Körper wie eine Straßenkarte auseinander. Er streckte sich und ging zum Spiegel, um sich zu betrachten. In seinem Bart waren weiße Haare, was ihn unglaublich alt machte. Wäre er achtzig Jahre alt, dann hätte er einen herrlichen Greis abgegeben, sagte er sich. Er beschloß, sich nicht zu rasieren. Es würde sich schon zeigen, was Violette dazu sagen würde.

Die Schneedecke draußen war fast unberührt. Von der Nr. 7 bis zum Ende der Gasse hatte ein merkwürdiges Tier krumme Spuren hinterlassen; Émile nahm sich die Zeit, sie zu untersuchen. Ein breiter Abdruck, zwei kleine (etwas seitlich davon), noch ein großer (etwas weiter rechts als der erste), noch zwei kleine und so weiter, bis zur Avenue du Président Wilson. Welches Tier konnte das gewesen sein? Eine Art Krebs, der sich fortbewegte, indem er sich erst auf die Scheren stützte, dann auf die dünneren seitlichen Beine – ein Riesenkrebs. Émile hockte auf dem Boden, um alle Einzelheiten der Spuren besser untersuchen zu können; er verspürte keine Lust aufzustehen. Mit Vergnügen hätte er sich der Länge nach in den Schnee gelegt, um die Schritte entfernter Passanten knirschen zu hören. Ein Riesenkrebs, sagte er sich noch einmal, während in seinem Gedächtnis zwei schattenhafte Umrisse erschienen, der von Cathérine Fixé und der von ihrem Söhnchen Mathieu Larmand, der so hieß wie sein Vater und dem er ähnelte wie ein Ei dem anderen. Ja, in der Nr. 7 wohnte eine sehr nette Familie: eine rothaarige, noch ganz junge Frau in Jeans und zwei identische Männer, ein großer (ein Meter vierundachtzig) und ein kleiner (achtundneunzig Zentimeter). Mama und Mathieu in der Form eines Krebses auf dem Weg zur Schule. Émile lächelte und wischte sich mit der Hand über die Stirn.

Violette starrte ihm beunruhigt entgegen, als sie die Tür öffnete. Sie ließ ihn wortlos eintreten und schob ihm einen Stuhl hin, während sie selbst mit hinter dem Rücken verschränkten Armen stehenblieb. Hortchak brach in hemmungsloses Gelächter aus.

Sie mochte es nicht, wenn man sich über sie lustig machte. Sie hatte schlecht geschlafen und hatte keine Lust auf einen Nachbarn, der um Viertel nach neun unrasiert und nach Whisky stinkend bei ihr aufkreuzte und außerdem, wer weiß, vielleicht noch Spuren von Lippenstift an sich trug. Sie brauchte einen Mann –

oder vielmehr einen geduldigen, verständnisvollen, brüderlichen Freund. Sie hatte sich frisiert. Sie hatte ein Kleid angezogen. Seit Viertel vor neun saß sie in der Küche und wartete, ihre Augen hingen an den Uhrzeigern. Sie war bereit.

»Ich bin besoffen«, sagte Hortchak und fügte hinzu: »Gestern abend habe ich zuviel getrunken. Ich habe geglaubt, einen Riesenkrebs zu sehen, der die Gasse entlangkrabbelte.«

Violette stand abrupt auf und ging zur Tür. Koste es, was es wolle, sie würde ihn hinauswerfen.

Émile gehorchte ihrem wortlosen Befehl. Violette schaute auf die Fußmatte und machte die Tür weit auf, als sie spürte, daß Hortchak neben ihr stand. Das Schneegestöber hüllte sie ein wie zwei Figuren in einer Schneekugel.

»Kleines Mädchen«, sagte er und bot sein Gesicht den zarten Flockenküssen dar.

Violette lächelte.

Er legte seine Hand auf ihre Schulter, ohne sie anzuschauen, und so blieben sie geraume Zeit stehen, mit zum unsichtbaren Himmel erhobenen Gesichtern.

Um sie herum schien der Schnee dichter zu werden, als würde er durch ihre Körperwärme angezogen. Auf ihren Wangen schmolzen die Schneekristalle und verwandelten sich in heiße Rinnsale.

»Mir ist kalt«, log Violette, »gehen wir wieder hinein.«

Émile ließ seinen Arm sinken und schloß hinter seiner Nachbarin die Tür.

»Ich werde Ihnen einen Kaffee kochen«, sagte sie. »Setzen Sie sich.«

Émile gehorchte. Während er Violette beobachtete, die an ihrem Gasherd hantierte, fragte er sich, warum er immer ein so starkes Verlangen verspürte, sie zu berühren. Ein solches Verlangen hatte er vorher noch nie empfunden. Was hatte er denn bisher getan? Er hatte abseits vom wirklichen Leben gelebt. Vielleicht hatte er die ganzen langen Jahre nur mit Warten zugebracht. Er hatte darauf gewartet, den berühmten Stoffbären zu finden, der Alpträume vertreibt, die Bettdecke, die nicht die geringste Kälte durchläßt, die Mütze, die vollständig die Ohren bedeckt, die durststillende Quelle, das weiche, schwere Brot, das tröstet und den Hunger stillt. Ihre Brüste, die Falte in ihrer Achselhöhle, die drei Grübchen in ihrem Kreuz, ihre Fesseln, ihre flaumigen Nackenhärchen, die nackte, die liegende Violette. Eine Klinge, etwas Schneidendes, Grausames muß in mir aufscheinen. Der Mund muß mir wäßrig werden, ich muß die Zähne fletschen. Solche Sachen sind erblich. Schürzenjäger, Sohn eines Schürzenjägers, Vater und Sohn jagen den Frauen hinterher.

Vor drei Jahren hatte Émile seinen Vater zum letzten Mal gesehen, er saß am Steuer eines klapprigen Sportwagens. Versteckt hinter einer Morris-Litfaßsäule, hatte Émile ihn beobachtet. Seine Haare waren blendend weiß. Aus seinen blauen Augen leuchtete noch immer das verbotene Feuer, das Émile als Kind so verehrt hatte. Plötzlich erhellte sich das Gesicht seines Vaters für einen Augenblick wie ein Sonnenstrahl, der sich am Rand eines Glases bricht. Émile hätte sich gern an diesem Feuer gewärmt, aber es war einzig den Frauen vorbehalten. Er suchte in seiner Erinnerung, ob er einmal gesehen hatte, wie dieser Lichtstrahl auf das Gesicht seiner Mutter fiel. Es war schwierig. Sein Vater Mac, eigentlich hieß er Emmanuel, hatte den heimischen Herd verlassen, als Émile noch nicht einmal sieben Jahre alt gewesen war. Damals zog seine Mutter überhaupt keine Blicke mehr auf sich, so schwerfällig wie sie durch ihre fünf Schwangerschaften geworden war, mit ihrem enttäuschten Gesicht und ihrem schuldbewußten Lächeln. Sie war unsichtbar geworden, körperlos. Von ihr waren nur die teigknetenden und waschenden Hände übriggeblieben. Das schelmische Vögelchen, das im Blick seines Vaters gefangen war, hatte sich bei Vévé niedergelassen, bei der Kusine Rachel, bei Virginie Ledoux, der Hausmeisterstochter, bei jedem Geschöpf mit Hohlkreuz und hoher Brust, das munter in den fröhlichen, jungen Straßen der Nachkriegszeit herumgelaufen war.

Während er innerlich die Ampel, die das Auto aufgehalten hatte, anflehte, nicht zu schnell auf Grün umzuspringen, fragte sich Émile in seinem Versteck, warum sein Vater jünger aussah als er selbst. Sein weißes, leicht geöffnetes Hemd auf der sonnengebräunten Brust, sein magerer, zierlicher Körper, sein um die Schultern der jungen Frau gelegter Arm, in seinen Augen ein lüsternes, unwiderstehlich fröhliches Glitzern. Unauffällig lockerte Hortchak seinen Schlips und steckte eine Hand in die Hosentasche, um möglichst entspannt auszusehen. Als er ein letztes Mal den Hals reckte, um heimlich den siebzigjährigen Don Juan zu beobachten, meinte er am Ellbogen der über die Rückbank gebreiteten Jacke ein faustgroßes Loch zu erkennen.

Er kniff die Lider zusammen, und ein Sonnenstrahl zeigte ihm, daß die Karosserie schon arg von Rost zerfressen war. Als die Ampel umsprang und das Auto mit quietschenden Reifen anfuhr, wandte die junge Frau den Kopf. Ihre Blicke kreuzten sich. Der ihre war voller Ironie; sie hatte ihm zugezwinkert und ihren Mund zu einem gewöhnlichen Grinsen verzogen.

VIOLETTE STELLTE die Kaffeetassen auf den Tisch und sagte: »Sobald Sie keine Sekretärin mehr haben, ergreifen Sie die Gelegenheit und machen blau. Sie sollten schon längst weg sein«, fügte sie leise hinzu, als wollte sie nicht, daß er es hörte.

»Ich glaube, ich würde gern den Beruf wechseln«, sagte Hortchak. »Was halten Sie davon? Was würde zu mir passen?«

»Sie sind ja wirklich besoffen«, erwiderte Violette, »ich scherze nicht. Soll ich Salz in ihren Kaffee tun? Das ist ja wohl nötig.«

»Nein, Zucker bitte«, antwortete Émile, »ich brauche sehr viel Zucker. Sie können sich gar nicht vorstellen, wieviel Zucker ich brauche.«

Während er das sagte, ließ er sie nicht aus den Augen. Sie wagte nicht, den Blick abzuwenden, und fragte sich, warum sich ihr die Kehle so zusammenschnürte.

»Zucker«, wiederholte sie. Ihre Lippen zitterten. Sie öffnete die Zuckerdose und ließ ein Zuckerstück in Émiles Tasse fallen.

»Mehr«, forderte er.

Violette nahm noch ein Stückchen und tat es in die Tasse.

»Noch mehr«, verlangte er und suchte Violettes Blick. Sie legte ein drittes Stück in die Tasse.

»Noch mehr.« Als Violettes Hand sich zum vierten Mal seiner Tasse näherte, streckte er jäh den Arm aus, um sie zu fassen. Aber die Bewegung war ungelenk, so daß er nur den Kaffee auf dem Tisch verschüttete.

»Daneben!« rief Violette.

Sofort hielt sie die Hand vor den Mund. Was war los mit ihr, daß sie so etwas gesagt hatte? Sie lachte los.

Émile stand auf, holte einen Schwamm und behob den Schaden.

»Ich mag nicht arbeiten gehen«, sagte er, als er sich wieder hinsetzte.

»Ich auch nicht«, sagte Violette.

»Aber Sie müssen nicht, Sie haben doch keine Arbeit.«

»Aber ja.«

Émile war verblüfft. Es wurde ihm klar, daß er immer geglaubt hatte, Violette würde von ihrem Erbe oder der Sozialhilfe leben.

»Als was arbeiten Sie denn?« Violette stellte ihn richtig: »Als was ich gearbeitet habe. Im Januar sind es acht Monate, daß ich mein Büro bei Fournier & Charmette nicht mehr betreten habe.«

Émile runzelte die Stirn.
»Das ist eine Art Finanzunternehmen. Sie machen alles und gar nichts. Ich war verantwortlich für die Datenerfassung.«
»Können Sie Schreibmaschine schreiben?« fragte Hortchak.
»Hören Sie auf, sich über mich lustig zu machen«, antwortete sie. »Sie wissen genau, wovon ich rede.«
Hortchak setzte eine betont unwissende Miene auf.
»Jedenfalls ist es ganz egal«, fuhr sie fort, »die Arbeit war entsetzlich langweilig.«
»Sie werden nicht wieder hingehen«, sagte Hortchak.
»Was wissen Sie denn schon.«
»Ich hab's im kleinen Finger.«
»Mein kleiner Finger sagt mir, daß man Sie entlassen wird, wenn Sie nicht augenblicklich gehen.«
»Einen Chef entläßt man nicht«, sagte Hortchak.
»Das glauben Sie«, erwiderte sie und schob ihn zur Tür.
Kaum hatte sie die Tür hinter ihm geschlossen, da schellte er schon wieder. Als Violette ihm öffnete, wehten ihr die Schneeflocken in die Augen, und sie mußte sie zusammenkneifen, damit ihr nicht die Tränen kamen.
Hortchak dachte: Wären wir erst zwanzig, dann hätte ich geschellt, um sie mit einem Kuß zu überraschen. Sie hätte sich nicht gewehrt. In meinen Armen wäre sie ganz weich geworden und dann …
»Vergessen Sie nicht, heute abend«, erinnerte er sie,

»Zwanzig Uhr dreißig. Haben Sie eigentlich die Adresse?«

Violette nickte. Um Hortchak zum Verschwinden zu bringen, schloß sie die Augen und öffnete sie erst wieder, als sie sich auf ihren Stuhl gesetzt hatte.

8

Vor dem Spiegel des Frisiertisches richtete Sonja Jabrowski ihre Perücke. Unbestreitbar haben die gläubigen Jüdinnen den anderen eines voraus: Für sie ist es keine Katastrophe, wenn sie ihre Haare durch eine Chemotherapie verlieren. Sie lächelte ihr Spiegelbild an und spürte den Schmerz kommen. Jedesmal, wenn ihre Krankheit sich verschlimmerte, überfiel sie dieser Schmerz, und jedesmal nistete er sich in einem anderen Teil ihres Körpers ein. Mittlerweile war er ihr vertraut. Nicht den Schmerz und nicht den Tod fürchtete sie. Vor allem Dans Augen bereiteten ihr Kummer. Sein Blick war nicht mehr derselbe; wenn er sich ihr mit hochgezogenen Augenbrauen und leicht geöffnetem Mund näherte, sah er immer so aus, als wollte er sie etwas fragen. Sonja wußte, daß es die immer gleiche Frage war: »Wie fühlst du dich?« Für ihren Ehemann war Sonja ein Geheimnis geworden. Bevor sie krank wurde, hatten sie sich so gut gekannt. Früher verstanden sie sich ohne Worte. Dan kam in die Küche, rief: »Ta-ra-ta-ta«, und legte ihr die Hände auf den Hintern. Sonja schaute sich um, um sicherzugehen, daß keines ihrer sechs Kinder in der Nähe war, dann lehnte sie sich an Dans Brust. »Sonjetschka«, flüsterte er ihr ins Ohr und umarmte sie. Sie sagte nichts, manchmal summte sie *Kupite papirosn*. Als junges Mädchen hätte sie nie gedacht, daß es so angenehm sein würde, einen Ehemann zu haben. Man hatte sie in dem Glauben erzogen, eine Frau müßte ihrem Mann dienen, ihn unterstützen, seine Kinder erziehen und nach den Gesetzen der Thora leben. Niemand hatte ihr auch nur angedeutet, daß Zärtlichkeiten und Liebkosungen im Handel inbegriffen waren. Während der ersten Monate ihres gemeinsamen Lebens war sie zunächst verwirrt und unruhig gewesen, dann war sie schlaflos geworden. So fremdartig war, was sie empfand. Als ihre älteren Schwestern geheiratet hatten, erzählten sie ihr geheimnisvoll von der schrecklichen Sache, die sich in manchen Nächten ereignete. Als sie schließlich selbst unter der Chuppa stand, hatte sie sich daran erinnert, und seitdem hatten diese Worte sie unablässig verfolgt. Sie verstand nicht, worauf sich die Anspielungen bezogen hatten; schließlich hatte sie sich gefragt, ob ihre Ehe nicht eine Täuschung war. Lebte sie in Sünde, ohne es zu wissen? Eines Morgens hielt sie es nicht mehr aus und suchte den Rabbi auf. Doch wie sollte sie beginnen? Vor Rabbi Zismann schämte sie sich nicht, weil sie ihn schon seit ihrer frühen Kindheit kannte, allein sie befand sich in einem solchen Zustand der Verwirrung, daß sie sich nicht verständlich machen konnte.

»Ich finde meinen Mann schön«, hatte sie schließlich mit klarer und klangvoller Stimme gesagt.

Rabbi Zisman hatte die Augenbrauen zusammengezogen, deshalb wußte Sonja nicht mehr weiter. Nach

einigen Minuten hatte er die Achseln gezuckt und gesagt: »Das stimmt. Und *nu*? Er ist schön, und was weiter?«
»Und weiter ...«, hatte Sonja gesagt. Es verletzte sie, daß der Rabbi so kurz angebunden war. »Und weiter will ich an seiner Seite sein, immer ... Manchmal kann ich es nicht mehr abwarten, ich kann nicht still sitzen. Am liebsten würde ich mich den ganzen Tag an ihn schmiegen.«
Reb Zisman war aufgestanden, hatte Sonja am Arm gepackt und sie zur Tür geführt.
»Sonja, draußen warten Leute mit echten Problemen, denen ein echter Rabbi zuhören kann. Wenn du eine Tracht Prügel willst, dann geh zu deinem Mann.«
Wieder daheim, hatte sie Dan alles erzählt, und er hatte sie Ta-ra-ta-ta schreiend durchs ganze Haus gejagt, um sie zu bestrafen. Damals hatten sie so viel gelacht. Ihr Leben war so glücklich gewesen, keine Fehlgeburt, alle ihre Kinder waren groß und gesund. Sicher, Dan hatte sich mit den Jahren etwas von Gott entfernt, die Arbeit war seine neue Religion geworden. Aber sie wußte, daß das nicht wichtig war, weil sie für sie beide betete. Plötzlich dachte sie: Wenn ihr Mann an ihrer Stelle erkrankt wäre, hätte sie Grund gehabt, sich zu beunruhigen. Sie war sich nicht sicher, ob der HERR ihn genauso nachsichtig behandeln würde, wie sie es getan hatte. Ich muß daran denken, irgendwo aufzuschreiben, daß Dan nach meinem Tod sein Verhalten überdenken soll. Ich kann nicht zuviel von ihm verlangen, weil er sehr niedergeschlagen sein wird.

Aber beispielsweise könnte er ein oder zwei Bibelverse täglich lesen, das hat noch niemandem geschadet. Weil sie fühlte, wie der Schmerz sich bedrohlich in ihrem Körper ausbreitete, ließ sie sich soweit gehen, sich die Welt ohne sie vorzustellen. Wie traurig ist es zu sterben, wenn man geliebt wird, sagte sie sich. Sie nahm eine Schmerztablette, um sich auf andere Gedanken zu bringen.

»Bist du fertig, Sonjetschka?« fragte Dan, der gerade ins Zimmer kam.

Seine Augen, mein Gott, seine Augen. *Niemals wirst du wissen, was ich erleide; sogar ich selbst weiß es nicht. Also hör auf, mich so anzusehen.*

Wie durch Zauberkraft stand sie auf. Meistens verzog sie bei der kleinsten Veränderung ihrer Körperhaltung das Gesicht.

»Du bist schön«, sagte Dan und kam zu ihr. »Ta-ra-ta-ta«, flüsterte er ihr ins Ohr und legte den Kopf auf ihre Schulter.

Sie wünschte, er würde sie an sich drücken, aber Jabrowskis Arme hingen leblos herunter. Er weinte.

IM SALON ERWARTETE Gabriel Schwartz sie mit einem Glas Orangensaft in der Hand.

»Gabriel«, sagte Jabrowski, »ich stelle dir meine Frau Sonja vor.«

Gabriel erhob sich, um Sonja die Hand zu geben, aber sie wich unmerklich zurück. Er verstand, setzte sich wieder hin, lächelte.

»Dan spricht Tag und Nacht von Ihnen«, sagte sie

zu Gabriel und nahm ihm gegenüber auf dem Sofa Platz.
»Dan ist der beste Doktorvater, den ich kenne«, antwortete der junge Mann. »Das kann ich nicht beurteilen«, sagte Sonja, »ich glaube vielmehr, daß Sie der beste Student sind, den er kennt. Wissen Sie, daß ich zum ersten Mal einen Studenten meines Mannes treffe?«
Gabriel war keineswegs erstaunt. Jabrowski hatte den Ruf, kühl und ungesellig zu sein. Auf der Uni nannten ihn manche Leute den »Einsiedler«, andere »die Motte«, weil er, so klein, mager und ausgetrocknet wie er war, ebenso gierig Kekse knabberte, wie diese Insekten sich von Wollfasern ernährten. Was ihn selbst betraf, hatte Gabriel dazu keine Meinung, er brauchte Jabrowski, und Jabrowski brauchte ihn.
Sonja hingegen gefiel ihm. Sie sah lustig aus, mit ihrer Perücke, die sie ein bißchen zu sehr in die Stirn gezogen hatte. Sie war freundlich, so freundlich wie mollige Frauen mit Perücke seiner Meinung nach sein sollten.
Aber entgegen den Voraussagen ihres Mannes war Sonja Gabriels Charme nicht erlegen. Am Vortag hatte Jabrowski ihr gesagt: »Ein Apoll, du wirst schon sehen. Blond, blauäugig, gerade Nase, gute Figur ...« Seine blonden Haare, die blauen Augen und alles andere sah Sonja wohl, aber was ihr vor allem anderen auffiel, war sein anmaßendes Lächeln. Anmaßung mochte sie nicht. Das war für sie ein schrecklicher Makel, so etwas wie ein Hindernis zwischen der Welt und dem Menschen. Gern hätte sie Gabriel gewarnt und

ihm gesagt: »Dein Leben fängt gerade erst an. Wenn du jetzt schon so tust, als wüßtest du alles, wirst du am Ende der Betrogene sein. Du wirst so viele Schläge auf den Kopf bekommen, daß du dich nie mehr davon erholen wirst.« Noch vor einigen Jahren hätte sie es sich nicht erlaubt, eine solche Drohung zu formulieren. Es war merkwürdig, daß der drohende Tod sie anscheinend freier machte, sie mit einer Weisheit versah, deren sie sich nie für würdig gehalten hätte.

Man sagt, der Fötus im Bauch der Mutter kenne alle Rätsel der Welt. Bei seiner Geburt lege ein Engel ihm seinen Finger auf den Mund. Das Gesicht des Kindes trage diese Spur, eine dünne Furche, die von der Oberlippe bis zur Nase führt. Die Berührung durch den Engel bringe das Neugeborene nicht nur zur Ruhe, sie schenke ihm außerdem Vergessen. Denn wer am Anfang nicht alles vergesse, könne später nichts mehr lernen. Sonja hatte sich diese Szene oft vorgestellt. Es schien ihr indessen, daß der Engel sich bei einigen nicht damit zufriedengegeben hatte, seinen Zeigefinger auf die zarten Lippen zu legen, sondern daß er, um Ärger zu vermeiden, fest zugedrückt hatte. Wer diesen deutlicheren Abdruck trug, wußte mehr darüber, gleichgültig ob Idiot, Gutgläubiger oder Demütiger. Den anmaßenden und eingebildeten Menschen hatte der Engel nicht so wirksam geholfen. Gabriel wußte nichts, aber weil der Engel nicht sorgfältig genug gewesen war, glaubte der junge Mann, seinen Mitmenschen etwas vorauszuhaben. Sonja musterte sein Kinn und seine Lippen und stellte fest, daß die Furche zwischen Nase und Oberlippe bei ihm fast unsichtbar war. Das war zwar nicht ohne Anmut, aber es war ein Unglückszeichen. Bei ihr verhielt es sich umgekehrt. Ohne damit auftrumpfen zu wollen, zählte sie sich zur Kategorie der Idioten, Gutgläubigen und Einfältigen; allerdings merkte sie, daß die Vernarbung begonnen hatte. Nach und nach verschwand das Siegel, je näher der Tod rückte, und immer mehr trat sie in Verbindung mit den dunklen Mächten. Als Heilige leben und als Hexe sterben, welch merkwürdiges Schicksal.

»Ich habe Hortchak nichts erzählt«, sagte Jabrowski zu seinem Studenten. »Ich ziehe es vor, ihn zu überraschen. Er ist ein gerissener Hund. Hätte ich ihn um einen Termin für dich gebeten, hätte er jede Gelegenheit genutzt, um sich zu drücken. Dieser Empfang kommt wie gerufen. Wir werden ihn unvorbereitet antreffen. Für eine erste Begegnung ist das ausgezeichnet. Was meinst du, Sonja?«

Sonja pflichtete ihm bei. Hortchak und Gabriel waren sich ähnlich. Anfangs hatte sie sich nur schwer damit abfinden können, daß die Freundschaft ihres Mannes zu seinem Kollegen so unerschütterlich war. Sie verstand nicht, warum Dan Émile immer hinterherlief, während der nie anrief, keine Briefe beantwortete, kein Zeichen des Mitgefühls zeigte, seitdem die Krankheit ihr Leben zerrüttete. Sie mochte diesen Mann nicht, sie mißtraute ihm. Es kam ihr in den Sinn, daß auch bei ihm die Furche über dem Mund so gut wie nicht vorhanden war. Doch das war nicht die einzige Ähnlichkeit. Derselbe blaue siegesgewisse Blick, dieselbe

Adlernase und derselbe besserwisserische Gesichtsausdruck. Der arme Émile hatte nie einen Säugling in seinen Armen gewiegt.

»Ausgezeichnet«, echote sie und lächelte wissend.

Dan hielt es nicht aus auf seinem Stuhl. Er setzte sich neben Sonja auf das Sofa, stand plötzlich auf, nahm einen Stuhl, stellte ihn wieder zurück, goß sich ein Glas ein, vergaß es zu trinken. Er hatte eine hervorragende Idee gehabt und konnte nicht abwarten, welches Wunder daraus entstehen würde. Entgegen Sonjas Vermutung war auch er beinahe ein Heiliger. Er glaubte, daß er dank Gabriel ein gutes Werk vollbringen konnte. Gabriel war Waise, er brauchte ein Vorbild.

Hortchak war leichtfertig, was in seinem Alter nicht guttat. Am Ende würden seine Dummheiten ihm selber schaden, er brauchte Halt. Wenn Dan nur eine Frau für ihn finden könnte ... Doch da ihm dies nicht gelang, würde ein begabter erwachsener Sohn seinem Idol vielleicht etwas von seinem früheren Schwung zurückgeben können.

»Gehen wir?« fragte Dan und spielte mit seinen Autoschlüsseln. »Wird es auch gehen, Liebling?« fragte er Sonja leise, als er sie beim Aufstehen stützte.

»Beunruhige dich nicht«, sagte sie, »ich habe den ganzen Tag im Bett gelegen, jetzt werde ich ja wohl mal drei Stunden aufbleiben können.«

Die Schärfe in ihrer Stimme dämpfte Dans Begeisterung. So inständig lehnte er sich gegen die Ungerechtigkeit auf, deren Opfer seine Frau geworden war, daß er dazu neigte, ihre Krankheit zu vergessen. Im Innersten weigerte er sich, dem tragischen Ende ins Gesicht zu sehen. Hätte er sich über seine Gefühle Rechenschaft abgelegt, dann wäre er zu dem Schluß gekommen, daß er Sonja ihre Krankheit übelnahm. Sie hatte kein Recht, ihn zu verlassen, und er konnte die Vermutung nicht von sich weisen, daß sie es mit Absicht tat. Hätte er an Gott geglaubt, dann hätte er zu der Vorstellung Zuflucht nehmen können, daß Er allein das Geschick der Menschen lenkte. Ärgerlich war nur, daß er seit langem den Glauben an die Vorsehung verloren hatte und deshalb in allem, was geschah, den freien Willen des Individuums am Werk sehen mußte. Sonja beruhigte es zu wissen, daß der HERR niemandem Rechenschaft schuldig war; er zog sie aus dem Leben zurück wie eine Karte, die man beim Kartenspiel abwirft. Sie war nicht beunruhigt, sie wußte, daß ihre Seele unsterblich war. Tausende von Jahren war sie in höheren Sphären umhergeschwebt, bald würde sie dorthin zurückkehren. Bereits jetzt kam es ihr so vor, als nähme sie nur noch aus einiger Entfernung am Leben teil; der Schmerz hatte sie schon zwangsweise davon abgesondert: Weil sie nicht mehr selbst teilnehmen konnte, gab sie sich damit zufrieden, zu beobachten. In gewisser Weise hatte das Sterben bereits begonnen. Sicherlich war es nicht das Schlimmste, was ihr widerfahren war.

Als sie im Auto durch das Schneetreiben fuhren, kam im Radio die Meldung, daß irgendwo in Indien ein Flugzeug abgestürzt war. Die Zahl der Opfer war niederschmetternd.

»Das ist der Fortschritt«, sagte Jabrowski.
Gabriel lächelte, und Sonja sah ihn erstaunt an. In der einen Waagschale eine einzige unbedeutende kleine Tote, in der anderen zweihundertfünfundsechzig Unfallopfer in der Blüte ihres Lebens, Kinder, die fünf Minuten früher noch gelacht oder nach einer Nuckelflasche verlangt hatten. Es war absurd. Wäre ihr Mann ein Weiser gewesen, dann hätte er die Katastrophe beweint und seine Frau in Frieden sterben lassen.
Sie sah den Flocken zu, die an der Glasscheibe zerdrückt wurden. Gott, Gott, Gott, sagte sie leise zu sich bei jeder Schneeflocke, die verschwand. Gott ist überall. In Indien hat er sechs oder acht Arme. Gott, Gott, Gott, wie sanft dieses Wort war, sanft, kalt und weich wie der Schnee, der um sie herumstob. Auf dem Friedhof werde ich mich genauso fühlen, wie wenn ich in der weißgesprenkelten Dunkelheit schlafe. Das Dunkel meiner geschlossenen Augen, die Gesichter meiner sechs Kinder: weiße Punkte hinter meinen Lidern.

Der Versammlungssaal war mit Girlanden aus goldenen Buchstaben geschmückt, die von der Decke herabhingen. Man hatte die Tische an die Wand gerückt und weiße Tischdecken darüber gebreitet. Sobald Sonja eingetreten war, hielt sie nach einem etwas abseits stehenden Stuhl Ausschau, um dort den Abend zu verbringen. Außer Hortchak kannte sie niemanden, sie verspürte auch kein Bedürfnis, sich zu unterhalten. Sie war nur hierhergekommen, um ihren Mann davon zu überzeugen, daß sie noch lebte. Durch die Autofahrt war sie schon so erschöpft, daß sie für die Rückfahrt neue Kräfte sammeln mußte. Sie bahnte sich mit kleinen Schritten einen Weg zwischen den Gästen hindurch. Zwei-, dreimal rempelte man sie unabsichtlich mit dem Ellbogen an, eine hochschwangere Frau trat ihr auf den Fuß.

Als sie bei dem Stuhl ankam, den sie in der Nähe des Notausganges erspäht hatte, fühlte sie sich, als wäre sie von einer Herde Elefanten überrannt worden. Niemals hätte Dan ihren Arm loslassen dürfen. Sie sah ihn mitten im Saal stehen, seine Hand ruhte auf Émiles Schulter, neben dem er wie eine Ameise aussah. Er sprach über Gabriel, dem seine blonden Locken in die Stirn fielen. Émile sah weder Jabrowski noch den Studenten an, er tat so, als höre er zu, während er die Eingangstür nicht aus dem Blick ließ. Dieses Schwein, dachte Sonja, es ist ihm völlig egal, was Dan zu ihm sagt. Selbstverständlich merkte Dan nichts, aber Gabriel war nervös. Er rang die Hände, traute sich nicht, sich ins Gespräch einzuschalten, versuchte vergeblich, Émiles Blick auf sich zu ziehen. Jetzt bedauerte es Sonja, daß keine plötzliche Schwächung sie zu Hause festgehalten hatte; dann wäre ihr diese Begegnung erspart geblieben. Seit mehreren Wochen hatte sie Hortchak nicht gesehen, er kam ihr gealtert vor; sein Rücken war leicht gebeugt, sein Blick unruhig. Er nickte zerstreut und bedachte Gabriel mit seinem abwesenden Lächeln.

Während Sonja noch betete, die Begegnung möge ein Ende nehmen, näherte sich den drei Männern eine ungewöhnlich hübsche junge Frau. Sie war groß, gut gebaut, sonnengebräunt und hatte volle Lippen. Hortchak stellte sie zerstreut vor, aber Sonja bemerkte, daß Gabriel ihr besonders herzlich die Hand drückte und ihr mit leicht geneigtem Kopf in die Augen schaute. Er hatte all seine Frechheit wiedergewonnen und ging zum Angriff über. Von der anmaßenden Haltung des jungen Mannes, die sie zuvor so irritiert hatte, war sie nun begeistert. Die junge Frau begann zu sprechen, und dabei nahm ihr Gesicht einen so lebendigen Ausdruck an, daß Sonja erschüttert war. Gott, Gott, Gott, sagte sie sich erneut, Gott bringt so viel Schönes zustande. Verglichen mit ihr sahen alle anderen Frauen in der Runde mit ihren bleichen Gesichtern, ihren maskulin gefaßten Brillen und schlechtgeschnittenen Kostümen unglaublich unscheinbar aus. Sie rauchten filterlose Zigaretten und fuhren sich ständig mit den Händen durch die Haare. Allesamt sahen sie ein wenig zu alt und zu intelligent aus, sagte sich Sonja, ohne zu erröten. Sie wußte genau, daß unschuldige, unterwürfige Frauen aus der Mode gekommen waren und daß es äußerst unpassend war, einer Frau ihre intellektuellen Fähigkeiten vorzuhalten. Das konnte sie jedoch nicht von der Überzeugung abbringen, daß ein Zuviel an Geist den Teint verunreinigte, Falten zog und Haare ausfallen ließ. Die überaus hübsche Frau, die sich mit Gabriel unterhielt, war trotz allem kein Dummchen, sie wußte nur, daß ihr Hirn nicht ihre Rettung war.

Gabriel entschuldigte sich bei den beiden gelehrten Alten, um seine neue Beute zum Buffet führen zu können. Da verstellte ihm ein anderer schlaksiger junger Mann den Weg, der eine Brille trug und die schwangere Frau, die Sonja auf den Fuß getrampelt war, an der Hand hinter sich herzog. Er täuschte Ungeschicklichkeit vor, aber Sonja war nicht so leicht hinters Licht zu führen. Sie hatte längst bemerkt, daß der Unruhestifter aus dem Augenwinkel Gabriels verliebtes Paradieren beobachtete, während seine Begleiterin – eine Bohnenstange mit einer Blase in Bauchhöhe – gähnte, wobei sie eine Reihe bewunderungswürdig kleiner milchweißer Zähne entblößte. Der Brillenträger hatte sich dem Paar in den Weg geworfen, als wollte er es daran hindern, zum Buffet vorzudringen. Er hatte dümmlich gelacht und Gabriel keines Blickes gewürdigt, weil er ganz damit beschäftigt war, dem schönen jungen Mädchen durch ein ungeordnetes Mienenspiel alles mögliche zu verstehen zu geben; die Bedeutung konnte Sonja bedauerlicherweise nicht erschließen.

In diesem Augenblick hatte Jabrowski die Schulter seines Freundes losgelassen und suchte in der Menge nach Sonja. Glaub ja nicht, ich gebe dir ein Zeichen, dachte Sonja, ein wenig gekränkt darüber, daß er sie aus gesellschaftlichen Gründen vernachlässigt hatte. Eher will ich abkratzen. Käme er zu ihr, würde er zweifellos ein Gespräch mit ihr beginnen, damit sie sich nicht langweilte; so würde er sie daran hindern, die zahllosen Einakter zu verfolgen, die sich vor ihren Augen abspielten.

Die Hauptpersonen der folgenden Szene waren Émile Hortchak und eine kleine Frau mit braunem Haar, die soeben den Versammlungssaal betreten hatte. Sobald sie zur Tür hereingekommen war, hatte Hortchak sich auf sie gestürzt, doch jetzt, als sie sich gegenüberstanden, wußte er nicht mehr, wie er sich verhalten sollte. Zuerst hatte er ihr die Hand gegeben, dann hatte er es sich erlaubt, sie auf die Wange zu küssen, denn sie hatte gelächelt. Sonja bemerkte, daß die kleine Frau leicht errötet war. Waren das Vorboten des Frühlings? Sonja klatschte diskret in die Hände. Wie entzückend sind all diese Liebesgeschichten vor meinen Augen, dachte sie. Sie fragte sich, ob wohl der nahe Tod ihren Blick so schärfte, daß sie die kleinsten Anzeichen bemerkte. Auch die kleine Frau fiel aus dem Rahmen, anders jedoch als die große. Die große hatte etwas Modernes an sich, die kleine etwas Archaisches. Bernsteinfarbene Haut, schwarz funkelnde Augen, lockige, dichte, zu einem Knoten aufgesteckte Haare, eine lange, gerade Nase und zu allem Überfluß eine tiefe Furche, die sich zu ihren dunklen, leicht aufgeworfenen Lippen hinzog. Ihre auf dem Bauch verschränkten Hände waren winzig. Ihre Arme, die man durch den durchscheinenden Stoff der Ärmel erahnen konnte, lagen wie ein Gürtel knapp über ihren festen Hüften. Ihre kleinen Knie und feinen Knöchel trugen sie mit Anmut. Es verwirrte Sonja, daß Hortchak sich um dieses zarte Geschöpf so eifrig bemühte. Sie hatten sich bei ihm an fünfundzwanzigjährige Fohlen gewöhnen müssen, nicht dicker als Hochglanzpapier, die aussahen, als hätte er sie aus einer Zeitschrift ausgeschnitten. Sie kniff die Augen zusammen und versuchte vergeblich, von den Lippen der Frau abzulesen, was sie zu Émile sagte. Wäre sie wirklich tot gewesen, dann hätte sie sich als Geist zwischen sie drängen und sie belauschen können. Sie stampfte mit dem Fuß auf. Was machte sie noch auf der Erde? Es war zu ärgerlich!

Als sie sich zur Seite neigte, um sich hinter einem Psycholinguisten mit dem Rücken eines Jahrmarktboxers vor Dans suchenden Blicken zu verstecken, sah sie, daß Émile und die kleine Frau aus der entgegengesetzten Ecke des Raumes geradewegs auf sie zukamen.

»Violette, erlauben Sie mir, Ihnen Sonja Jabrowski vorzustellen«, sagte Émile, »die Frau meines besten Freundes.«

Sonja lächelte zögernd und gab Violette die Hand. Er fuhr fort: »Sonja, ich stelle Ihnen Violette Opass vor, eine Freundin.«

»Sehr erfreut«, sagte Violette schüchtern.

»Sehr erfreut«, antwortete Sonja.

In Wahrheit waren die beiden Frauen eher überrascht denn erfreut, als sie sich gegenseitig betrachteten. Hortchak hingegen schien außerordentlich froh, wie er dort stand, mit auf dem Rücken verschränkten Armen, geschwellter Brust und federnden Knien. Ein breites Grinsen zog sich über sein Gesicht.

»Ich lasse Sie für fünf Minuten allein«, sagte er, »ich muß schauen, ob alle sich wohl fühlen. Immerhin bin ich hier der Gastgeber.«

Vom Buffet war in diesem Augenblick das Geräusch zersplitternden Glases zu hören; Sonja sah den Kopf des bebrillten jungen Mannes auftauchen, der ihrer Vermutung nach der Ehemann der Schwangeren und der geheime Liebhaber der hübschen jungen Frau war, die Gabriel ihm soeben weggeschnappt hatte. Hortchak warf sich ins Zentrum des Geschehens: »Ingembe, Ingembe«, rief er, »guter Gott! Was ist denn in Sie gefahren?«

»Was ist denn los?« fragte Violette Sonja.

»Der bebrillte junge Mann hat anscheinend zuviel getrunken«, antwortete Sonja. »Er will Ärger machen, denn er ist in die große Blonde verliebt, aber der Student meines Mannes kommt besser an.

»Bei wem?« fragte Violette. »Beim Ehemann oder der Blonden?«

Sonja lachte auf.

»Nehmen Sie Platz, meine Liebe. Diese Geschichten gehen uns so oder so nichts an.«

»Ich kenne hier niemanden«, sagte Violette.

»Ich auch nicht«, erwiderte Sonja. »Wenn ich mit meinem Mann ausgehe, kenne ich nie jemanden.«

Violette nickte. Sonja hätte ihr gern viele Fragen gestellt: Wie sie Émile kennengelernt hatte, ob sie in ihn verliebt war, wo sie herkam, wo sie dieses entzückende Kleid gekauft hatte ... Aber der Altersunterschied schien ihr unüberbrückbar. Sie glaubte, daß sie und Violette nicht dieselbe Sprache sprechen würden. Violette hätte sie ihrerseits gern gefragt, wie es sei, eine Perücke zu tragen. Aber sie schätzte sich bereits glücklich, neben einer Frau mit Perücke sitzen zu dürfen; davon hatte sie schon immer geträumt.

»Musik bitte!« rief eine Frau in den Fünfzigern, die dem Foxterrier aus dem Nachbarhaus der Jabrowskis zum Verwechseln ähnlich sah.
Unverzüglich wurde ihre Bitte erfüllt, weshalb die unkontrollierten Bewegungen des Brillenträgers in einem Schwall von süßlicher Tangomusik untergingen.
Was die anderen sagen, ist nicht mehr zu verstehen, dachte Sonja, und das ist gut so. So würde sie ihre angeborene Zurückhaltung nicht der Höflichkeit opfern müssen.
Sie konnte sich gegenüber der kleinen jungen Frau sehr freundschaftlich verhalten, ohne ein Wort an sie zu richten; von Zeit zu Zeit ein Blick des Einverständnisses würde genügen, um eine minimale Kommunikation aufrechtzuerhalten. Der Schmerz hatte ihr zeitweiliges Zögern ausgenutzt und sich vom unteren Rücken bis zu ihrem Nacken ausgebreitet. Wie mit einem stumpfen Küchenmesser durchschnitt er ihr Rückenmark von oben nach unten, von unten nach oben. Sonja fragte sich, ob sie die vielen Furchen, die das Leiden gezogen hatte, würde sehen können, wenn sie sich vor dem Schlafengehen nackt im Spiegel betrachtete. Wie lange würde das noch so weitergehen? Sie erinnerte sich daran, wie alles angefangen hatte, an die Zeit, als sie noch unsicher war, ob sie an Ischias oder an Nierenkoliken litt. Damals war der Schmerz schon genauso stark gewesen, aber sie konnte ihn besser ertragen, weil sie glaubte, er würde aufhören, sobald sie wieder gesund sei und wieder zu leben beginne. Wenn sie heute ein Ende ihrer Leiden herbeiwünschte, so be-

deutete das, daß sie den Tod erbat. Sonja wußte, daß ihr diese letzte Zuflucht versperrt war. Nichts ist so heilig wie das Leben, denn es existiert durch Gott, für Gott und dank Gott.

Sie war schon ein, zwei Monate krank gewesen, als sie Zeugin einer Szene wurde, die ihr jetzt deutlich die quälende Frage vor Augen führte, die sie unaufhörlich beschäftigte. Es hatte sich auf einem Flughafen ereignet, in der Nähe des El-Al-Schalters. Sie saß auf ihrem Koffer in einer Schlange von Reisenden, die geduldig darauf warteten, sich von einer jungen brünetten Frau in Uniform, deren Strenge Sonja bewunderte, befragen oder durchsuchen zu lassen – wonach genau, wußte sie nicht. Dan war fortgegangen, um ihr etwas zu trinken zu besorgen, damit sie ihre Medikamente schlucken konnte; sie sah sich suchend um, denn sie fürchtete, er könnte sich in den nicht enden wollenden Gängen verlaufen.

Plötzlich erregte Gelächter ihre Aufmerksamkeit. Sie beugte sich vor, um besser sehen zu können. Eine grauhaarige, hochgewachsene Frau und zwei Männer mittleren Alters mit leichtem Bauchansatz umringten einen etwa zwanzigjährigen jungen Mann, der im Rollstuhl saß. Er hatte große, graugrüne, von langen schwarzen Wimpern gesäumte Augen, die anscheinend nichts sahen, die leicht abgeflachte Nase eines Muschiks und einen hübschen kindlichen Mund, der etwas offenstand. Sein Gesicht war unglaublich schön und anziehend. Wie konnten die Leute, die um ihn herumstanden und zweifellos seine Eltern waren, überhaupt woanders hinschauen? Das konnte Sonja nicht verstehen. Wäre sie seine Mutter gewesen, sie hätte Tag und Nacht zu seinen Füßen gesessen und sich in den Anblick seiner Blässe, seiner unschuldigen Lippen, seiner zarten Wimpern versenkt. Als sie ihn etwas genauer gemustert hatte, fiel ihr auf, daß die Haut an seinem Hals ganz verbrannt war. Lange rote und bläuliche Falten überzogen sie. Sonja wurde von einem schmerzlichen Schauder ergriffen. Sein übriger Körper befand sich zweifellos im selben Zustand. Mein Gott, murmelte sie unwillkürlich und hielt sofort die Hand vor den Mund, als hätte sie Gott gelästert. Man darf die Kranken nicht anstarren, das schickt sich nicht. Aber sobald Sonja versuchte, den Blick von ihm abzuwenden, fühlte sie sich angerufen.

Der Junge im Rollstuhl sah nicht zu ihr herüber, er sah sie nicht. Seine Hände lagen auf den Knien, unaufhörlich zitternd, sicher hatten sie seit dem Unfall nicht mehr aufgehört zu zittern. Seine scheinbar blicklosen Augen sahen den Tod. Den Tod, der, wenn man nur darauf achtete, überall ist, weil es überall Leben gibt. Einmal, sein Körper stand in Flammen, hatte der Junge den Tod gesehen und ihn seither nicht mehr aus den Augen gelassen. Seine Hände würden noch lange vor Entsetzen zittern, weil sie sein glasiertes Fleisch berührt hatten. Die drei Erwachsenen, die um den Rollstuhl herumstanden, waren unverschämt gesund, sie unterhielten sich und lachten, als wäre nichts geschehen. Manch anderer hätte das für Charakterstärke gehalten. Manchmal richteten sie zwanglos einige Worte an den Jungen. »*Vor allem müssen sie so tun, als ob alles in Ordnung wäre*«, Sonja konnte die Ratschläge der Mediziner und Psychologen förmlich hören. Wie viele dieser aufmunternden Phrasen, die man am Bett eines Sterbenden zum besten gibt, hatte sie schon gehört? »Du wirst schon sehen, Opa, alles wird wieder gut«, »aber nein, Oma, sag keine Dummheiten.« Wie feige das doch war.

Sie blieb auf ihrem Koffer sitzen. In ihren Augen standen Tränen, ihr Herz raste, ihre Arme waren ganz taub von dem Verlangen, den unbekannten Jungen zu umarmen. Als Dan außer Atem, mit einer Coladose in der Hand, zurückkam – es tat ihm leid, aber er hatte nichts anderes gefunden, und obendrein wäre er auf der Rolltreppe noch fast von einer Horde wildgewordener Bengel umgerannt worden –, brach Sonja in Tränen aus. Vielleicht hatte sie unwissentlich im Blick des Jungen die Zukunft ihrer eigenen Geschichte gelesen.

Es war unwichtig, wie lang es noch dauern würde. Um den unausweichlichen Ausgang ihrer Krankheit vor ihr zu verheimlichen, hatten die Ärzte wahre Lügenschätze ausgebreitet, aber die Unvorsichtigkeit einer Krankenschwester reichte aus, der Wahrheit zum Sieg zu verhelfen. Sonja nahm es tapfer auf, erzählte alles Dan, der schon Bescheid wußte, und beruhigte sich. Nicht in diesem Augenblick übermannte sie das Grauen. Der Tag, an dem sie erfuhr, daß sie nur noch einige Monate leben würde, war nur ein Kalendertag unter anderen. Das Entsetzen war ihr vorher in die Glieder gefahren, als sie den Jungen im Rollstuhl gesehen hatte. Auch früher schon hatte es sie mehrmals überfallen, bei der Geburt jedes ihrer Kinder. Sonja hatte diese Empfindung für sich behalten. Sechsmal in ihrem Leben hatte sie gesündigt. Bei jeder Geburt, wenn das vertrauensvolle Köpfchen des Neugeborenen auf ihrer Brust lag und sie von Liebe und Zärtlichkeit übervoll war, hatte sie sich gegen Gott aufgelehnt: »Ich verbiete Dir, ihn mir zu nehmen«, hatte sie befohlen. Gott hatte sie erhört. Sie würde bald voller Hoffnung sterben und sich weigern anzuerkennen, daß ihre Kinder eines Tages dasselbe Schicksal erleiden würden.

VIOLETTE WIEGTE den Kopf hin und her. Sie hätte nichts dagegen gehabt zu tanzen, aber wer würde sie auffordern? Es gab die jungen Leute und die Alten. Sie wußte nicht, zu wem sie gehörte. In der letzten Zeit war das Leben so schnell vergangen, es gab keine ruhige Minute mehr, um davon zu erzählen. Die Bilder, die sie unaufhörlich heimgesucht hatten, schienen jetzt in ein dickes Buch einzugehen, das sie nur zuklappen mußte. Karmin auf dem Hügel, der Tod ihres Vaters, die plötzlich größenwahnsinnig gewordene Mutter.
Ihre Mutter hatte die Leiche ihres Mannes bald als ihren alleinigen Besitz betrachtet. Seitdem hatte sie über alle Menschen in ihrer Umgebung geherrscht. Hätte sie doch nur eine Graburne gehabt, dann hätte sie, darauf sitzend, glückliche Tage damit verbracht, ihre Welt zu regieren und das Andenken eines Ehemannes zu pflegen, der die anderen Frauen hübscher gefunden hatte als sie. Danke, Papa, daß du nicht eingeäschert werden

wolltest, dachte Violette plötzlich. Mein Gott, sagte sie sich bestürzt, die Leiche eines Gatten ist für eine Frau ein wahrer Schatz. Sie selbst hatte nicht an der Aura der wahren Witwen teil, weil ihr Mann verschwunden war und in einer Art Fegefeuer auf halbem Weg zwischen Leben und Tod schwebte. Sie war von dem Weg abgekommen, der die Frau von der Mutterschaft geradewegs zur Hexerei führte; es war der Zweifel, der sie angehalten hatte, und jetzt stand sie am Straßenrand und wartete, daß ihr jemand die ihr vorbehaltene Spur zeigen würde. Sie lächelte, als sie dachte, daß das Schicksal ihr möglicherweise gar nicht so übel mitgespielt hatte. Sie warf ihrer Nachbarin einen Blick zu; diese lächelte zurück, und sie fühlte sich beruhigt.

Émile saß nicht weit von ihnen entfernt und sprach mit einem hochgewachsenen blonden jungen Mann, der neben ihm stand und ihn mit einer Mischung aus Bewunderung und Befangenheit ansah. Violette verstand, daß der junge Mann gern die Plätze getauscht hätte: Man kann jemanden, der einen überragt, besser bewundern als jemanden, auf den man, allein durch die räumliche Anordnung, herabsehen muß. Émile schien nichts zu bemerken. Als er einmal sein Gesicht leicht zur Seite drehte, um einen seiner Kollegen zu begrüßen, war Violette von der Ähnlichkeit erstaunt. Er hatte genau dieselbe gerade, wie auf dem Reißbrett gezeichnete Nase wie der junge Mann, dasselbe breite Lächeln, das zwischen den Zähnen und den Mundwinkeln ein kleines schwarzes Dreieck hervorzauberte. Hätte sie den zwanzigjährigen Émile kennengelernt, sagte sie zu sich, dann hätte sie sich unsterblich in ihn verliebt. War er nicht etwas zu alt für sie? Wenn ein Mann schon einen so großen Sohn haben könnte, dann würde er einem kleinen Kind gewiß nichts mehr geben können. Einmal war sie schwanger gewesen. Sie hatte das Baby verloren, bevor Tal verschwunden war. Zweifellos hatten die Götter, die auf geheimen Wegen Lüfte und Wasser durchstreiften, ihm gesagt, daß es nicht mehr auszuharren brauchte. Tal war gegangen, bevor man die Schwangerschaft festgestellt hatte. In gewisser Weise hatte es das Kind nie gegeben. Und doch war es zweimal da gewesen. Das erste Mal, als Violettes Mutter sie zum Spinatessen gezwungen hatte, weil Spinat eisenhaltig und Eisen gut für die Neugeborenen ist, und zum zweiten Mal – wenn es sich dabei nicht nur um einen Alptraum handelte –, als Violette in einer Ecke des Kreißsaals, wohin man sie als Notfall gebracht hatte, ein kleines, mit klebrigen Schlieren bedecktes rotes Etwas zu sehen geglaubt hatte, das in einer Schale vergessen worden war.

Sie stellte sich vor, wie es wäre, ein Kind von Émile zu haben. Doch dafür müßte sie zuerst mit ihm schlafen. Sie errötete. Falls er einen Bauch hätte, würde sie es nie über sich bringen. Tal hatte einen wunderschönen Körper gehabt. In diesem Augenblick wandte Émile den Kopf und sah sie an. Er blinzelte leicht und lächelte schüchtern. Er hat mich aufgelesen, dachte Violette.

Sonja sah auf die Uhr.
»Bist du müde?« fragte Dan, als er sie endlich wiedergefunden hatte.
Sonja biß sich auf die Lippen.
»Sollen wir heimfahren?« sagte Dan.
Sie mochte ihre Rolle als miesepetriger Spielverderber nicht. Wie konnte die einfache Tatsache, daß sie starb, sie so alt machen?
»Wir werden heimkehren«, meinte Dan plötzlich bestimmt, denn ihm war klargeworden, daß er keine andere Wahl hatte.
»Du kannst mich absetzen und dann zurückfahren, wenn du willst«, erwiderte Sonja.
»Wirklich?« fragte Dan.
Das hoffnungsvolle Glimmen, das Sonja in den Augen ihres Mannes bemerkte, erschütterte sie. Ich hasse ihn, dachte sie und verbesserte sich sofort: Ich verderbe ihm das Leben.
»Dan, ich stelle dir Violette vor«, sagte sie, als sie aufstand, »eine Freundin von Émile.«
Violette erhob sich, um ihm die Hand zu geben.
»Er hat mir schon viel von Ihnen erzählt«, sagten sie, wie aus einem Mund. Sonja kam sich ausgeschlossen vor und hielt es nicht für nötig, Violette zum Abschied die Hand zu geben. Mit langsamen Schritten ging sie durch den Saal, wobei sie sich auf den Arm ihres Mannes stützte. Sie konnte nicht anders, sie mußte im Takt der Musik gehen. Zum Glück ist es ein Slowfox, dachte sie sarkastisch.
Die meisten Gäste verabschiedeten sich, bevor die Ker-

zen gelöscht wurden. Die Pasteten und Mayonnaisen hatten Krusten gebildet, in den zu drei Vierteln leeren Champagnergläsern schwammen Zigarettenkippen. Auf dem Boden bildeten verschiedene zermatschte Substanzen den Untergrund für all die Dinge, die sich auf die Tanzfläche verirrt hatten: Plastiklöffel, abgebrannte Streichhölzer, zerrissene Papierservietten. Wer wird das alles aufräumen? fragte sich Violette. Sie hatte den Streit zwischen dem bebrillten jungen Mann, der das Glas zerbrochen hatte, und seiner schwangeren Frau beobachtet, sie hatte gesehen, daß der große Blonde zusammen mit Émiles Sekretärin aufgebrochen war – Hortchak hatte ihr Harriet vorgestellt. Violette hatte gesagt: »Ich freue mich sehr, Ihre Bekanntschaft zu machen«, worauf Harriet nur »Oooooh ...« geantwortet hatte, dann nichts mehr. Sie hatte gesehen, wie die Verwaltungsdirektorin Madame Serment, die doch immerhin ihren Geburtstag feierte, mit einem Glas Portwein in der Hand zu schluchzen begonnen hatte; sie hatte gehört, wie die Leute um sie herum unablässig sagten: »Fünfzig Jahre ist das beste Alter«, worauf Madame Serment erwidert hatte: »Meine Fresse, das beste Alter!« Sie hatte Émile im Saal auf und ab gehen sehen, den Blick ins Unbestimmte gerichtet; er sah besorgt und träumerisch aus. Sie hatte es bedauert, daß sie nicht getanzt hatte. Hoffentlich würde man sie nicht zwischen den leeren Flaschen und feuchten Zigarettenstummeln vergessen.

»Soll ich Sie etwas herumführen?« schlug Émile vor, als die letzten Gäste dem Ausgang zusteuerten.

»Gern«, erwiderte Violette etwas schwerfällig.

Émile geleitete sie zu einer Fenstertür, die auf eine kleine Freitreppe hinausführte. Die Nacht war klar, es hatte aufgehört zu schneien, und die Luft war so mild, daß man beinahe geglaubt hätte, der Frühling wäre nahe. Émile und Violette setzten sich auf die Stufen, die zum Institutsgarten hinunterführten. Violette hob das Gesicht zu den Baumwipfeln, die mit kleinen zitternden Schneekissen bedeckt waren. Sie fühlte sich so leicht wie diese Flocken und ließ sich vom Tanz der Äste wiegen, die im Wind schaukelten. Émile starrte die dunklen Stämme an und versuchte, alle seine Kräfte zusammenzunehmen. Anscheinend war er nicht mutig genug. Die Kraft, die ihm fehlte, hätte er gern der Natur entzogen. Er blähte die Nasenflügel und bemühte sich, die süße Luft in sich aufzunehmen. Er reckte das Kinn in die Höhe, damit die milde Brise ihm den Hals streicheln konnte. Ihm war kalt, und er befürchtete, daß die feuchten Ziegel einen beschämenden Abdruck auf seinem Gesäß hinterlassen würden. Wie schnell er doch müde wurde. Es verlangte ihn danach, zu Violette hinüberzublicken, aber sie war so in sich gekehrt, daß er sie nicht stören wollte. Vor allem befürchtete er, sie könnte bemerken, daß er sich langweilte. Ein Vogel sang zuerst zwei hohe, dann zwei tiefe Töne. Um sich die Zeit zu vertreiben, sang Émile in Gedanken mit. Krächzend flog ein Rabe vorbei, Émile lächelte. Beim zweiten Rabenschrei nahm Violette seine Hand, ohne ihn anzusehen. Sie drückte sie fest. Émiles Herz tat einen Sprung, als würde es vom Sog einer Flutwelle mitgerissen.

Dan schaltete das Radio ein. Charles Trenet sang *Y a d'la joie*, was wirklich nicht angebracht war. Er hätte bei Sonja bleiben sollen, er hätte so tun sollen, als schliefe er ein, aber sein Körper war nicht müde genug, er war voller Energie. Anscheinend war ein Fluch über sie gekommen: Je mehr Sonja dahinschwände, um so jünger würde er werden. In einer Kurve trat er aufs Gaspedal, um die Spur zu halten, und schaltete voller Vergnügen in den fünften Gang. Welche Wonne, nachts allein zu fahren! Das war einer der vielen Räusche, auf die er zugunsten des Rausches der Ehe verzichtet hatte. Plötzlich hatte er einen bitteren Geschmack im Mund. Durch die Medikamente roch Sonjas Atem abstoßend. Früher, als ihr Mund noch den gleichen Brombeerduft hatte wie die Beugung ihres Halses, hatte er es so geliebt, sie zu küssen. Wenn es kalt war, steckte er seine beiden Hände zwischen ihre Schenkel, und sie zitterte nicht. Sie ertrug den Temperaturunterschied, tat, als merkte sie nichts, denn sie war vollkommen und hatte für alle seine Leiden ein Heilmittel. Anstrengungen, Niederlagen konnten Dan nicht schrecken; er erledigte seine Arbeit und bot dem Leben die Stirn; seine Daumen hatte er in unsichtbare Hosenträger eingehakt. Tagsüber sahen seine Mitarbeiter, Bankiers und Gegner sich einem Mann gegenüber, der mit eingezogenem Kopf kämpfte, der mit Mut und Ausdauer siegte. Nachts glitt er in sein Bett und verzehrte Sonja mit Mund und Händen, während sie ihn bei tausend zärtlichen Namen nannte und ihm ohne Unterlaß das Haar streichelte. Unter seinem aske-

tischen und strengen Äußeren versteckte er ein unsichtbares Lächeln, das Lächeln eines Mannes, der sich von seiner Frau unendlich geliebt weiß, von einer Frau, deren Haut kein Mann außer ihm je berührte.
An der Kreuzung fuhr er mit quietschenden Reifen an und dachte, daß er ganz leicht um halb zwei Uhr morgens auf rutschiger Straße einen tödlichen Unfall haben könnte. Alle fünfzig Meter stand ein Mast, er brauchte sich nur einen auszusuchen. Doch den Tod nicht zu fürchten war Sonja vorbehalten, ihm brach schon der kalte Schweiß aus, wenn er sich nur vorstellte, eine Schramme zu bekommen. Er schämte sich, vergeblich einen Selbstmord in Betracht gezogen zu haben. Er sah die Augen seiner Mutter vor sich, als sie getrennt wurden, bei der Abfahrt des Zuges; ihr Blick war von einer Strenge durchdrungen gewesen, deren Geheimnis er niemals hatte ergründen können. Sie wußte, daß sie sich nie mehr wiedersehen würden. Ein Soldat hatte ihr den Gewehrkolben in die Seite gestoßen, aber sie hatte sich kaum bewegt. Sie ließ die Augen nicht von ihrem Sohn, als wollte sie seinem Fleisch eine letzte Botschaft einprägen: »*Lebe!*«
Das hatte sie ihm damals befohlen, und das befahl sie ihm auch heute. Ich bin achtunddreißig Jahre alt und habe einen chronischen Husten, ich werde nicht mehr lange durchhalten, aber du, du bist ein großer, kräftiger Junge, ich habe dich nicht großgezogen, um dich den deutschen Hunden zum Fraß vorzuwerfen. Du mußt leben, sonst hat Mama dich nicht mehr lieb.
Dan ließ das Auto auf den Seitenstreifen rollen und

stellte die Zündung aus. Er legte den Kopf auf das Lenkrad und weinte still.
Als er beim Institut ankam, brannte kein Licht mehr im Versammlungssaal. Er parkte seinen Wagen vor dem Eingang und bemerkte einen Lichtschein in der ersten Etage.

ÉMILE SASS AN SEINEM Schreibtisch, seine Hände lagen zu beiden Seiten eines weißen Blattes flach auf der Tischplatte. Er wollte einen Brief an Violette beginnen, hatte jedoch nicht die leiseste Ahnung, was er ihr mitteilen sollte. *Ich will Sie*. Das reichte wohl nicht aus, um mit Anstand eine große unbeschriebene Seite zu füllen. Und welche Frau wollte schon einen solchen Satz lesen? Er machte sich lächerlich. So tief hatte es ihn erschüttert, als sie seine Hand genommen hatte, daß er nicht gewußt hatte, was er tun sollte. Seite an Seite hatten sie gesessen, was ihm die Sache nicht erleichtert hatte. Man muß einen viel zu großen Abstand überwinden, wenn man unter solchen Bedingungen jemanden küssen will. Er hatte ihre Finger so fest gedrückt, daß er sie fast zerquetschte, und er hatte gespürt, wie ihr Arm steif wurde. Er hatte ihr weh getan. Nach einer Weile war alles um sie herum verstummt. Plötzlich war die Natur eingeschlafen. Er hatte gehört, wie Violette durch den Mund ein- und ausatmete. Es wäre nichts weiter passiert, wenn sie wie alle anderen durch die Nase geatmet hätte. Aber er hatte jenes charakteristische heisere Geräusch wiedererkannt, das solches fast seufzende Atmen gewöhnlich begleitet.

Mit seiner rechten Hand hatte er ihr Kinn genommen, um ihren Kopf zu sich herumzudrehen. Er hätte es gern gesehen, wie sie die Augen niederschlug, doch das war nicht Violettes Art, sie behielt ihre Augen weit offen. Sehr langsam hatte er sich ihr genähert. In seinem Kreuz hatte sich ein schmerzhaftes Stechen bemerkbar gemacht, und fast hätte er schon den Rückzug angetreten, da neigte Violette kurzatmig, mit halb geöffnetem Mund, den Kopf nach hinten.
Zärtlich hatte sie ihn zwei Sekunden lang geküßt, ihre Lippen waren so arglos, so frisch wie die Lippen eines Neugeborenen. Dann war sie aufgestanden, hatte ihr Kleid auf den Schenkeln glattgezogen und war gegangen, ohne sich noch einmal umzuschauen. Sie schwankte kaum merklich auf ihren Absätzen und ließ zum Zeichen des Abschieds ihre kleine weiße Hand hinter sich herflattern, die er so lange in der seinen gehalten hatte.

»Ich grüsse dich, altes Haus«, sagte Hortchak, als er sah, wie Jabrowski in sein Büro kam.
»Soll ich dir einen einschenken?« fragte Dan, während er eine Flasche Wodka und zwei Plastikbecher, die er in dem verlassenen Festsaal gefunden hatte, auf den Schreibtisch stellte.
Émile nickte. Lange tranken die beiden Freunde, ohne ein Wort zu sprechen. Von Zeit zu Zeit nickte der eine oder andere, lachte kurz auf. Émile war auf der Suche nach einem Anknüpfungspunkt. Er hatte sich schon lange nicht mehr mit Dan unterhalten, deshalb wußte

er nicht, wie er beginnen sollte. Doch mit wem, wenn nicht mit seinem ältesten Freund, sollte er darüber reden.
»Schläfst du noch mit Sonja?« fragte er schließlich.
Jabrowski schwieg. Die Frage erstaunte ihn nicht, sie schockierte ihn noch weniger, doch er wußte keine Antwort. Wenn er ja sagte, wäre das eine Lüge, aber er konnte auch nicht nein sagen.
»Die Sache ist mir nie sehr wichtig gewesen«, sagte er zögernd.
Émile sah ihn an, mit einem schiefen Lächeln auf den Lippen. Er erinnerte sich, wie Dan vor seiner Hochzeit gewesen war, ein kleiner bebrillter Intellektueller mit schneidendem Humor, bei dem alle Mädchen schwach wurden. Zwei oder drei Geliebte hatten sie geteilt, alle hatten ihm zu verstehen gegeben, daß er verglichen mit seinem kleinen Freund nur ein mittelmäßiger Liebhaber war. Er erinnerte sich an seine nagende Eifersucht. Er lachte auf und zog Jabrowski am Ohr.
»Du Ganove«, sagte er zu ihm.
Dan aber lachte nicht. Er kratzte sich am Kopf und begann mühsam, mit fast tonloser Stimme zu sprechen.
»Sonja ist meine Lebensgefährtin«, sagte er. »Sobald ich mich neben sie lege und die Laken über uns ziehe, steigt der Duft ihres Körpers zu mir auf, der Duft von Brombeeren.«
Seine Stimme brach. Er stützte den Kopf in die Hände. Hortchak setzte sich neben ihn und legte ihm seinen Arm um die Schultern. So blieben sie lange reglos sit-

zen, zwei verschreckte Waisenkinder, die an den im Wald versteckten Wolf denken und nicht wagen, ihn beim Namen zu nennen.

Zuerst brauche ich eine warme Dusche, dachte Sonja, dann eine heiße Milch mit Orangenblütengeschmack. Sie fand keinen Schlaf. In ihrem zu dicken Baumwollnachthemd fühlte sie sich wie eine in ihren Kokon eingesponnene Raupe. Sie versuchte, sich auf die Ellbogen zu stützen, um sich aufzusetzen, doch der Schmerz hielt sie auf ihrem Kissen fest. Eine gute, warme Orangenblütenmilch oder eine heiße Zitrone mit viel geschmolzenem Honig. »Mama«, ertönte es zwischen ihren Zähnen. Sie dachte: Es ist niemand mehr da, der für mich sorgt. Sie sah sich selber wieder als Kind, in der kleinen dunklen Wohnung an der Marktstraße in Warschau. Sie fieberte. Auf den Wänden huschten unablässig die Schatten ihrer Geschwister vorüber, die im Nebenzimmer spielten. Sie gaukelten ihr vor, sie hätte sich im Wald verlaufen, sich unter einem Gewölbe bedrohlicher Bäume versteckt, würde im Moos liegen und darauf warten, von wilden Tieren zerrissen zu werden. Die einzigen Geräusche, die ihr noch vertraut vorkamen, waren das Ticken der Wanduhr und die lebhaften, beruhigenden Schritte ihrer Mutter. In ihrem Kopf ging die Mutter vom Wohnzimmer in die Küche, die Arme voller Brot, ein Nachtlicht in jeder Hand. »Psst«, sagte sie zu den kleineren Kindern – es klang wie der Wind in den Zweigen. Eine Tür schlug zu, und Sonja spürte, wie ihr die Tränen in die

Augen stiegen. »Mama«, murmelte sie, »Mama, laß mich nicht im Wald allein.«

Ihre Mutter war in das Zimmer mit den zugezogenen Vorhängen gekommen und hatte ein dampfendes Teeglas vor sich hergetragen. »Meine kleine Birke«, sagte sie, über ihre Tochter gebeugt. Sie stellte das Glas auf dem Nachttisch ab und legte ihre Lippen auf Sonjas Stirn, um ihre Temperatur zu messen. »Kleine brennende Birke«, flüsterte sie. »Trink die Zitrone aus und schlaf.« Sonja lehnte sich gegen ihr Kissen, setzte sich auf und verbrühte sich die Kehle, als sie den ersten Schluck trank. Sie versuchte, den Kopf wegzudrehen, aber mit sanfter Gewalt hielt ihre Mutter sie am Nakken fest und zwang sie, das Glas auszutrinken. »Die Kuhmama leckt ihr kleines Kälbchen ab«, hatte sie gesagt, als sie das leere Glas zurückstellte. Sonja hatte ihre Wange hingehalten. Ihre Mutter hatte sie ein erstes Mal abgeleckt. »Die Ziegenmama leckt ihr Zicklein«, und Sonja hielt ihr die andere Wange hin. »Die Hundemama leckt ihren kleinen Welpen.« Sonja hielt die Stirn hin. »Die Katzenmama leckt ihr Kätzchen.« Und Sonja hielt ihr Kinn hin. Das Gesicht über und über mit Mutterspucke beschmiert, ließ sie sich ins Bett zurückfallen. »Mama leckt, und die Krankheit bekommt Angst«, sagte ihre Mutter schließlich. »Die Krankheit fürchtet sich, daß Mama sie auffrißt, also wird sie in der Nacht weit weggehen und nie mehr wiederkommen.« Sonja hatte die Augen geschlossen und war eingeschlafen.

Als Sonjas Kinder noch klein waren, hatte sie oft ihre

Gesichter abgeleckt, aber Dan, der aus irgendeinem geheimnisvollen Grund diese Gewohnheit nicht schätzte, hatte seine Ehefrau überzeugt, darauf zu verzichten. Die Kinder wurden weiterhin gesund, und Dan triumphierte: »Siehst du«, sagte er zu ihr, »auch bei uns hat die Aufklärung gesiegt. Die Antibiotika sind da, um benutzt zu werden. Laß die Tiere sich ablecken, wir haben andere Mittel.« Sonja hörte ihm gelassen zu, denn in der Küche hatte sie den Löffel siebenmal abgeleckt, bevor sie den Saft daraufgegossen hatte. Als ihre Kinder größer geworden waren und Tabletten einnehmen konnten, wußte sie es so einzurichten, daß sie ihre Wassergläser ableckte. Wer leckte jetzt die Medizin ihrer Kinder an? Und wer wird mich ablecken, fragte sie sich verzweifelt. Leck mich ab, Mama.

Und ihre Mutter erschien ihr.

Im Hof des Wohnhauses in der Marktstraße stand sie auf dem gepflasterten Boden und drückte eine Schüssel voller Wäsche an ihren Bauch. Auf das Balkongeländer gestützt, betrachtete Sonja sie von oben. »Kleine Birke«, rief ihre Mutter und schaute zum Fenster der Wohnung hinauf. Sonja beugte sich vor, sagte: »Laß mich noch mit meinen Geschwistern spielen.« Noch einmal rief ihre Mutter: »Du hast lange genug gespielt, kleine Birke. Jetzt mußt du mir helfen kommen.« Sonja lehnte sich weiter nach vorn und sah, wie ihre Mutter die Schüssel abstellte, ein Laken herausnahm und es sich über den Kopf zog. Sie beugte sich noch weiter vor und fiel kraftlos aus dem Fenster. Sie wußte, daß sie nie mehr aufwachen würde.

9

IN GEWISSEN NÄCHTEN verlassen Zauberei und Schrecken die Märchenbücher und spuken durch die Gassen und Straßen. Ein halbgeöffnetes Fenster genügt ihnen, sich bei den Leuten einzuschleichen. Am nächsten Morgen erinnert man sich, daß der Mond nicht so hell schien wie gewöhnlich und das Brummen der Motoren den übernatürlichen Zorn nicht übertönen konnte, dessen Stimme man gern zum Schweigen gebracht hätte. Kinder werden nachts geboren, nachts sterben Greise. Einige Kinder und einige Greise. Es war niemand zur Stelle, der Sonjas letzten Atemzug einfing.

DANS AUTO SCHLINGERTE LEICHT auf der rutschigen Fahrbahn.

»Schalt in den dritten«, sagte Émile.

»Meinst du, wozu soll das gut sein?«

»Es macht weniger Lärm.«

»Der Lärm kommt nicht vom Wagen.«

»Woher dann?« fragte Émile.

»Es ist Sphärenmusik«, erklärte Dan salbungsvoll.

Hortchak lachte. Der erstaunte Jabrowski machte einen Schlenker und wäre beinahe in den Graben gefahren.

»Laß mich mal ans Steuer, du Säufer«, sagte Émile.

»Außer mir darf niemand meinen Wagen fahren«, antwortete Dan, »er gehorcht nur mir allein.«

»Er hat recht«, gluckste Émile, »ich habe nämlich keinen Führerschein.«

»Dann bist du auch kein richtiger Mann«, sagte Jabrowski, während er das Auto wendete, denn er war an der Kreuzung vorbeigefahren, die zu seiner Straße führte.

»Ja, das ist wahr«, brabbelte Émile, »ich bin ein Außerirdischer.«

Beide stimmten ein so heftiges Gelächter an, daß sie für einen Augenblick anhalten und den Motor abstellen mußten.

»Komm, wir gehen den Rest zu Fuß«, sagte Dan und ließ das Gefährt einfach am Rand des Bürgersteigs stehen.

Sie hakten sich unter und gingen langsam weiter, wobei sie die eine oder andere Melodie summten und einige Tanzschritte versuchten. Wenn der eine stolperte, hielt der andere ihn fest. Jabrowski sagte: »Das gefällt mir so an dieser Gegend, es verändert sich nichts.« Dabei wies er mit einer so weit ausholenden Armbewegung auf den Häuserblock, daß beide fast ihr Gleichgewicht verloren hätten.

»Warum sagst du das?« fragte Hortchak.

»Weil es wahr ist. Immer dieselben kleinen Häuser, dieselben Bäume in den Gärten. Stell dir vor, es wäre jetzt plötzlich vor dreißig Jahren.«

»Au weia, dreißig Jahre? Ich hätte nie gedacht, daß ich

einmal dreißig Jahre zurückdenken könnte. Sind wir denn schon so alt?«

»Nein, wir sind nicht alt. Ich bin so um die dreißig«, sagte Dan und straffte die Schultern.

»Mir tun alle Knochen weh.«

»Nein, ich hab dir doch gesagt, daß wir in der Zeit zurückgereist sind. Der Wagen spielt verrückt, er hat sich in eine Zeitmaschine verwandelt. Du bist noch ein junger Spund. Wie viele Jahre sind wir auseinander?«

»Mein Kopf taugt jetzt nicht zum Rechnen«, sagte Hortchak mürrisch. »Er will im Moment auch nichts von deinen Kindereien wissen.«

»Doch, doch«, beharrte Jabrowski, »die Straße war die gleiche. Das Pflaster, die Akazien, der Geruch der Nacht, der Schnee auf den Gartenmauern und den Autodächern.«

»Und weiter?« fragte Hortchak.

»Also, was tust du? Du bist zwanzig Jahre alt, und du gehst die Straße entlang – ob mit mir oder ohne mich, das spielt keine Rolle. Du gehst, und zwar irgendwohin. Wohin gehst du?«

Émile lächelte. Er blieb stehen und ließ den Arm seines Begleiters fahren. Er begann wortlos und starren Blikkes mit dem Kopf zu nicken.

»Was ist mit dir?« fragte Jabrowski beunruhigt. »Du wirst mir doch keinen Herzinfarkt bekommen.«

»Einen Herzinfarkt? Mit vierundzwanzig?« sagte Hortchak und klopfte sich auf die Brust. »Also, ich gehe geradewegs zu Irina. Bei jedem Schritt ziehe ich ihr ein Kleidungsstück aus. Das sind natürlich Hirngespinste.«

»Natürlich«, wiederholte Jabrowski.

»Bei jedem Schritt ziehe ich ihr ein Kleidungsstück aus, am Ende der Straße ist sie so nackt, daß ich sie wieder anziehe. Je näher ich ihrem Haus komme, desto mehr hülle ich sie ein. Unterrock, Unterhose, Miederhose, Korsett, Mieder, Unterhemd, Bluse, Pullover, Mantel, Schal ...«

»Wer ist diese Frau?« fragte Jabrowski.

»Ich werde sie dir nicht vorstellen. Das kannst du gleich vergessen. Ich will nicht, daß du sie mir wegschnappst. Ihr Vater würde dich sowieso nicht haben wollen.«

»Warum nicht?« fragte Jabrowski entrüstet.

»Weil du zu klein bist und zu mager. Ihr Vater hat eine sehr genaue Vorstellung von seinem zukünftigen Schwiegersohn. Und sieh mal, ich entspreche dieser Vorstellung vollkommen. Ich bin groß ...« Émile blieb stehen, um sich in Positur zu stellen, »ich bin gut gebaut, ich stamme aus einer guten Familie ...«

»Einer guten Familie«, wiederholte Dan erstaunt. »Eine alleinerziehende Mutter nennst du eine gute Familie.«

»Verzeihen Sie, mein Herr«, antwortete Émile, »ich hatte eben nicht das Glück, sie in einem deutschen Ofen zu verlieren.«

Jabrowski ging unverhofft einen Schritt zur Seite, um seinem Freund mit der Faust in den Magen zu schlagen. Er hatte nicht die Absicht, ihm weh zu tun, es war nur ein Spiel, und er verfehlte ihn um gut einen Meter. Der Schwung seines Armes riß ihn aus dem Gleichgewicht, er strauchelte und fand sich mit der Nase im Rinnstein wieder. Hortchak beugte sich sofort zu ihm hinunter, um ihm aufzuhelfen, aber Jabrowski stieß ihn zurück.

»Laß das, mit dreißig ist man doch noch biegsam wie ein junges Tännchen.«

Dan stand auf und wollte seine Hose in der Kniegegend abklopfen, dabei wäre er beinahe erneut hingefallen.

»Sonja wird mich umbringen«, nuschelte er vor sich hin.

»Wie bitte?« fragte Hortchak. »Ich habe wohl nicht richtig gehört. Sonja? Du kennst Sonja noch gar nicht. Seit zwei Wochen machst du der Rothaarigen im Hörsaal schöne Augen.«

»Wie hieß sie doch gleich?«

»Josette«, sagte Hortchak träumerisch. »Josette Vitré-Cerdan.«

»Ich habe sie für eine Adlige gehalten«, sagte Jabrowski, »lange Zeit habe ich geglaubt, daß alle Leute mit Doppelnamen adlig wären.«

»Das lernt man in der Volksschule«, unterbrach ihn Hortchak, »die Sache mit dem Adelstitel und allem, was das nach sich zieht.«

»Ja«, räumte Jabrowski ein, »ich kann auch nicht sagen, daß ich es nicht wußte. Wenn man mich gefragt hätte, dann hätte ich alles erklären können, bis ins letzte Detail. Aber manchmal hat das, was man glaubt, nichts mit dem zu tun, was man weiß. So als ob Glauben und Wissen in zwei völlig voneinander getrennten Teilen des Gehirns angesiedelt wären. Meinst du nicht auch?«

»Doch«, sagte Émile und blieb vor dem Gartenzaun der Jabrowskis stehen. »Genau so ist es. Hätte ich das gewußt, als ich die Straße entlangging und Irina auszog, dann hätte ich ...«

Hortchak spürte, wie sich ihm die Kehle zusammenschnürte. Er verstand nicht, wie eine so weit zurückliegende Erinnerung ihm so schmerzvoll zusetzen konnte. Es schien ihm sogar, als würde der Schmerz mit der Zeit immer stärker. Viele Jahre lang hatte er nie an sie gedacht. Manchmal kam ihm für einen Augenblick ihr Gesicht in Erinnerung, weil er einen blonden Haarknoten gesehen oder einen Takt von *Misty* gehört hatte. Sonst schien es ihm, als hätte sie außerhalb dieser seltenen Erscheinungen niemals existiert. Sie war in einen magischen Schrank eingeschlossen, Seite an Seite mit den anderen schönen Damen, die sein kindliches Herz hatten höher schlagen lassen: Vassilissa Primudra, das junge Mädchen, das so unvergleichlich weise war, daß nur ihr eigenes, bewundernswürdig blondes Haar ihrer Weisheit gleichkam, ihr Haar, das über den Boden strich, als ob sie damit die Spuren ihrer winzigen Füße im Schnee verwischen wollte; Blaubarts junge, namenlose Frau, deren magere blutbeschmierte Finger im Seifenschaum ausglitten; die Königin von Saba, deren durchdringende, tiefe Stimme er feierlich singen hörte: »Ich bin schwarz und schön.«

Warum war er vor Irina am Tag nach ihrer geheimen Brautnacht geflohen? Er hätte es nicht zu sagen gewußt. Er erinnerte sich an den körperlichen Überdruß, die Enttäuschung wegen des mißratenen Liebesaktes, das Schnarchen des Vaters im Nebenzimmer. Dennoch war er für einen Augenblick lang glücklich gewesen wie ein Kind, das am Meeresstrand eine von den Wellen rundgeschliffene Glasscherbe findet, die es für einen Schatz hält. Um sich wie ein Zauberer vorzukommen, reicht es schon, im Bauch einer Frau einen Rubin schimmern zu sehen. So werden Kinder gemacht, in einem unbegreiflichen Durcheinander von geflüsterten Beschwörungsformeln und tiefverwurzeltem Zorn. Man muß noch nicht einmal daran glauben. Der Zauberkünstler wird von seiner eigenen Kunst in den Schatten gestellt; er weiß nicht, daß er auf ewig die Bürde dieses Zaubertricks wird tragen müssen, gleich dem Kabbalisten, der von der Macht des Golems, den er mit seinen eigenen Händen geformt hat, bedroht wird.

Das Kind wird wahrscheinlich der Großvater erzogen haben. Die Mutter hat weiter in Bars gesungen und ist vermutlich bald gestorben, vor Scham oder Erschöpfung. Dem Greis ist es sicherlich schwergefallen, das Kind richtig einzukleiden. Der Junge wird oft mit einem falsch geknöpften Hemd aus dem Haus gegangen sein, mit offenen Hosen, die nur ein Gürtel zusammenhielt. Seine Haare werden immer zu lang oder zu kurz gewesen sein. Wahrscheinlich hat er nie Butterbrote und warme Milch kennengelernt, er wird sich von sauren Gurken und Salzhering ernährt haben, die er seinem Großvater vom Teller stibitzte. Er wird stundenlang auf der Straße herumgetrödelt sein, sich während langer Abende zwischen Männerkörpern, die sich, vollkommen in ihre Gebete vertieft, im Tanz vor und zurück wiegten, seinen Träumen hingegeben haben, glücklich, weil er nichts anderes kennt und nicht weiß, was ihm entgeht. Was für ein herrlicher Heranwachsender. Seine Stirn ist von blonden Locken bedeckt, sein Körper ist gesund, seine Zähne sind weiß, weil sie niemals Zucker gekostet haben, sein Lachen ist spontan, sein Kopf leer, so daß er nur darauf wartet, mit Formen, Buchstaben, Figuren gefüllt zu werden; er ist so unschuldig, daß die blauen Äderchen am Handgelenk eines jungen Mädchens ihn auf Tage hinaus bezaubern können. Mein Sohn. Mein heimlicher Golem. Mein vollkommener Waisenknabe.

Émile schwankte. Mit den Händen in den Taschen lehnte er sich an den dünnen Stamm eines Pflaumenbaumes. Er schloß die Augen und atmete die Nachtluft ein, um seinen Rausch loszuwerden.

»Gehen wir rein?« fragte Jabrowski schüchtern.

Hortchak zuckte die Achseln. Sein Freund nahm ihn am Arm, sagte: »Komm, wir werden leise sein. Sonja schläft bestimmt noch nicht. Siehst du, das Licht brennt noch.«

Mit dem Zeigefinger wies er auf das Fenster im ersten Stock.

»Komm, wir besuchen sie«, fügte er hinzu, »das wird sie freuen. Gewöhnlich schlafe ich zusammen mit ihr ein. Bis zum Morgengrauen langweilt sie sich. Nur die Langeweile kann sie einschläfern.«

»Geh du«, sagte Émile, »ich möchte euch nicht stören. Ich bin aus dem Alter heraus, wo ich mitten in der Nacht in das Schlafzimmer eines jungen Mädchens eindringen konnte.«

»Heute abend sind wir alterslos«, sagte Dan. »Wir haben dem Lauf der Zeit den Hals umgedreht.«

Er machte die entsprechende Handbewegung, während Émile das passende Krachen imitierte. Gemeinsam lachten sie los und gingen ins Haus. Der eine beim anderen untergehakt, schwankten sie leicht. Erneut summten sie ein paar Liedfetzen und schlugen dazu auf dem Küchenboden mit den Füßen den Takt.

»Psst«, flüsterte Jabrowski zu Hortchak und lauschte ins Treppenhaus. »Dornröschen wird schon einen Verdacht hegen.«

»Du hast dich im Märchen geirrt, Alter«, murmelte Émile, »es heißt Schneewittchen und die zwei Zwerge.«

Jabrowski mußte sich auf die Treppenstufen setzen, um einen Lachanfall zu bekämpfen, während Émile ihm alle möglichen Torturen androhte, falls er diesen Aufruhr nicht beendete.

»Du bist Prof«, sagte Jabrowski, »und ich bin Lacher.«

»Den gibt es nicht«, erwiderte Hortchak, der schlagartig nüchtern geworden war.

»Wen denn?« fragte Dan.

»Einen Zwerg, der Lacher heißt, gibt es nicht«, antwortete Émile, der mit seinen Nerven am Ende war. Er wollte gern gehen. Er hatte dort nichts zu suchen. Dennoch schien es ihm, daß er es Sonja schuldig war. Eine andere Erklärung fiel ihm nicht ein.

Die Tür stand halb offen. Goldener Lichtschein fiel auf den Dielenteppich und auf die Wände. Kein Geräusch war zu hören. Émile fiel ein Gedicht von Rimbaud ein, *Étrennes des orphelins*, er hatte es im Gymnasium auswendig gelernt. Damals hätte er alles darum gegeben, katholisch zu sein, zu verstehen, wie bitter enttäuschend es war, das Neujahrsfest zu verpassen.

Damals war ihm der Kummer der Waisenjungen so voller Würde erschienen.

Jabrowski betrat als erster das Zimmer.

Worin unterscheidet sich eine schlafende Frau von einer toten?

Hortchak sank am Fußende des Bettes zusammen und begann zu schluchzen.

Jabrowski hockte sich neben Sonjas Kissen nieder, bettete ihren Kopf in seine Armbeuge und streichelte mit den Fingerspitzen ihre Hände.

»Sie ist unversehrt«, sagte er, »vollkommen unversehrt.«

10

Als ob sie jemand an der Schulter berührt hätte, schlug Violette beim Morgengrauen die Augen auf. Das tiefe Himmelblau war von gelben Schleiern überzogen, eine winzige Mondsichel, die in einer Ecke des Fensters hing, lächelte zu ihr herüber. Das Vogelgezwitscher war so laut, daß sie sich in ihrem Zimmer umsah, um sich zu vergewissern, daß die Vögel nicht über Nacht bei ihr eingedrungen waren. Als sie für einen Augenblick die Augen noch einmal schloß, fiel ihr alles wieder ein. Mein Gott, was habe ich getan, sagte sie sich. Mit der Spitze des Zeigefingers fuhr sie die Konturen ihrer Lippen nach, das Herz begann ihr heftig in der Brust zu klopfen.

Was ich getan habe, das habe ich gut getan, dachte sie und nahm damit eine Redensart ihrer Mutter wieder auf, deren Sinn sie erst heute begriff. Was ich getan habe, das habe ich gut getan, hatte die schwarzgekleidete Frau gesagt, nachdem sie vom Friedhof nach Hause zurückgekehrt war; sie sagte es zu ihrer Schwägerin, die sich, immer wieder von Schluchzen unterbrochen, bemühte, der Witwe zu erklären, sie hätte sich nicht wie eine Diebin nach dem Ende der Zeremonie fortstehlen dürfen, ohne die Beileidsbekundungen all der Leute entgegenzunehmen, die sich zur Beerdigung ihres Gatten eingefunden hatten. Was ich getan habe, das habe ich gut getan, sagte sie später zu sich selbst, als sie mit dem Ärmelaufschlag die Hülsen der Kürbis- und Sonnenblumenkerne vom Tisch auf den Fliesenboden gefegt hatte. Den Gästen, die gekommen waren, um mit ihr den Tod ihres Mannes zu beweinen, bot sie, entgegen dem Brauch, weder Kuchen noch getrocknete Früchte, noch Konfitüren an, auf die jeder in aller Bescheidenheit hoffen durfte, um durch ihren Genuß die Erinnerung an das vor dem frischen Grabe empfundene Grauen zu verscheuchen. Nichts tut sie so, wie alle es tun, murrten die Leute, als sie zur Tür hinausgingen, und Violette erinnerte sich daran, daß sie sich damals ernstlich gefragt hatte, auf wessen Seite sie sich stellen sollte – auf die ihrer Mutter oder auf die der anderen, denen sie zwar nicht so nahestand, aber von denen sie undeutlich spürte, daß sie die Verteidigung ihres Vaters übernahmen. Sie hatte unter dem Tisch gesessen, hatte gesehen, wie Dutzende von Füßen vorbeigezogen waren, und ihnen unermüdlich Fragen gestellt. Achtet Mama die Toten nicht? Warum hat Mama nicht geweint? Und du, kleiner Fuß meiner Tante, warum hat meine Mutter dich mit ihren Sandalen dreimal getreten? »Komm raus da, du ungezogenes Gör«, sagte ihre Mutter, »du wirst dein hübsches rosa Kleidchen schmutzig machen.« Und Violette hätte es doch gern schmutzig gemacht, so schmutzig, bis es schwarz geworden wäre. Sie hatte ihre Mutter gebeten, sich für die Beerdigung umziehen zu dürfen, doch die hatte geantwortet: »Das ist nicht nötig, du bleibst zu

Hause. Kinder gehen nicht auf Beerdigungen.« Trotzdem hätte Violette gern ein trauriges Kleid angezogen, vielleicht sogar ein langes. Zu den staubbedeckten Füßen ihres Onkels in den durchgebrochenen Lederschuhen sagte sie: »Schön seid ihr, so grau, mein Papa wäre zufrieden, wenn er sehen könnte, wie grau ihr für ihn geworden seid.« Weinend kroch sie aus ihrem Versteck; die Kusine ihrer Mutter drückte sie an sich. Gern hätte sie ihr gesagt: Ich weine nicht wegen Papa, nein, ich weine, weil ich ein graues Kleid haben möchte.

Violette nahm die Tonpuppe in die Hand und setzte sie neben sich ins Bett, mitten auf das Kopfkissen. Nach Papas Tod hat Mama sich sehr verändert. Als ob sie plötzlich reich geworden wäre. Sie hörte auf, mit den Nachbarn und mit der Familie zu sprechen. Jede Woche gingen wir zum Friedhof, und sie gab mir ein Tuch, womit ich den Grabstein polieren sollte. Ich brachte gern den Marmor zum Glänzen, bis ich mich darin spiegeln konnte. Ebensogern zeichnete ich die Rillen der Buchstaben mit dem Finger nach. Auf dem Nachhauseweg tranken wir immer eine Zitronenlimonade. Als Papa noch lebte, sind Mama und ich nie in eine Bar gegangen. Mama blieb den ganzen Tag zu Hause, und ich spielte nach der Schule im Hof. Nach Papas Tod hatte ich keine Freunde mehr. Immer wenn ein anderes Kind sich mir näherte, um ein Gespräch mit mir zu beginnen, rief seine Mutter es zurück. Karmin war der einzige, der noch mit mir sprach, seine Mutter konnte es ihm nicht verbieten, weil sie nie da war. Wir gingen in den Stall, und er sagte mir, ich solle die Strohhalme zählen, die auf dem Boden herumlagen. Ich hockte mich hin und begann zu zählen. Währenddessen streckte er sich auf dem Boden aus und legte Strohhalme auf seine Brust und sein Gesicht. Wenn ich bei hundert angelangt war, ging ich zu ihm und zählte die Halme, die ihn bedeckten, jeden mit den Fingerspitzen antippend. Er sagte zu mir, daß ich zarte Hände hätte und daß ich gut riechen würde. Bei fünfhundert hörte ich auf zu zählen, und nun war es an mir, mich auf den Boden zu legen, damit er mich mit Heu bedecken konnte. Einen nach dem anderen legte er mir die duftenden Halme auf Hals und Wangen. Wir sprachen nicht. Oft schlief ich dabei ein, und wenn ich erwachte, war er fort.

Eines Tages ist meine Mutter in den Stall gekommen, als ich gerade die Halme auf Karmins Gesicht zählte. Ich weiß nicht, wie sie uns finden konnte. Sie versetzte ihm einen Fußtritt, ich glaube gegen den Kopf, dann sind wir weggegangen, sie und ich. Ich hörte, wie Karmin schrie, aber ich kehrte nicht um, um nach ihm zu sehen. Ich dachte: Was sie getan hat, das hat sie gut getan. Eine Woche später sind wir nach Frankreich abgereist.

Weil sie wohlhabend geworden war, hat sie in einem Vorort ein Haus gekauft, dieses Haus hier. Ich habe dieses Haus nie gemocht, weil ich nie meine Freunde einladen durfte. Ich hatte nie Freunde, aber immer habe ich geglaubt, daß ich Freundschaften vermied, um nicht von anderen eingeladen zu werden, denn ich wußte, daß ich ihre Freundlichkeit nicht würde erwidern können. Als ich Tal kennenlernte, habe ich ihn sofort liebgewonnen, weil er einen ausländischen Akzent hatte – er war Israeli. Meine Mutter verachtete die Israelis, sie nannte sie »Parvenüs«. Ich sagte mir, daß er mich mit in sein Land nehmen würde, wenn wir heirateten. Es geschah während einer Demonstration. Ich hatte keine besondere Lust hinzugehen, aber die ganze Schulklasse nahm den Bus nach Paris, also bin ich mitgefahren. Tal war der Freund des Bruders einer Klassenkameradin. Einmal sollten wir uns alle unterhaken, um gemeinsam vorwärtszugehen; ich ging neben ihm, und er hat meinen Arm genommen. An diesem Abend bin ich nicht nach Hause zurückgekehrt. Es war das erste Mal. Ich tat alles, worum Tal mich bat. Er bat mich, mit ihm in ein Café zu gehen, also ging ich mit ihm. Er bat mich, ihm die Hand zu geben, also gab ich sie ihm. Als wir vor seinem Haus standen, bat er mich, ihn zu küssen, also habe ich ja gesagt. Als wir in seinem Zimmer waren, zog er mir alle meine Kleider aus. Ich hatte Angst, daß seine Eltern kommen würden, aber ich sagte nichts. Schließlich sah er mich lange an, und hätte er mich gebeten, aus dem Fenster zu springen, ich hätte es getan. Er küßte mich auf den Bauch, dann legte er mich in sein Bett. Als ich am nächsten Morgen zu meiner Mutter nach Hause kam, stand in der Diele ein Koffer mit all meinen Sachen. Ich nahm ihn und ging fort. Wir haben uns nicht voneinander verabschiedet. Zwei Monate später, nach dem Bakkalaureat, nahm Tal mich zur Hochzeit mit in sein Heimatland. Ich habe meiner Mutter keine Heiratsanzeige geschickt. Aber nichts bleibt verborgen. Einige Tage nachdem Tal zur Armee gegangen war, tauchte sie plötzlich bei mir zu Hause auf. Sie sagte, ein Mädchen in meinem Zustand brauche seine Mutter. Ich weiß nicht, woher sie wußte, daß ich schwanger war. Nach unserer zweiten gemeinsamen Ankunft in Frankreich sagte sie mir, daß ich meine Freunde nach Hause einladen dürfe, wenn ich Lust hätte, doch ich hatte nie Lust. Émile war der erste Fremde, der durch diese Tür gekommen ist. Die Krankenschwester Véronique war die zweite, was wieder einmal beweist, daß nur das erste Mal wirklich zählt.

Im selben Augenblick mußte Violette eingeschlafen sein, denn nur im Traum konnte die Puppe aufstehen und zu ihr sprechen. Zunächst setzte sich die Figur breitbeinig auf das Kopfkissen und streckte die Arme wie ein Plüschbär nach vorne aus. Um sie anzusehen, brauchte Violette den Kopf nicht zu wenden, denn im Traum haben wir Augen wie Gott. Sobald die Sonne mit ihrem Licht das Zimmer überflutete, wurde die Puppe lebendig, geschmeidig, lebhaft wie eine kleine Person. Sie fing an zu laufen, kletterte die Falten der Bettdecke hoch und ließ sich auf Violettes Knien nieder; sie hielt sich kerzengerade: Mit ihren grobgeformten Gesichtszügen sah sie wie eine Mongoloide aus. Violette wollte sie berühren, wollte den Arm ausstrecken, aber sie hatte keine Kraft. Die Puppe machte einen Luftsprung, und als sie wieder auf ihren kleinen unförmigen Tonfüßen aufkam, verzerrte sich ihr Gesicht. Tiefer und tiefer wurde die Höhlung, die ihr als Mund diente, und verschlang schließlich ihr Gesicht. Als sie von ihrem eigenen Mund aufgefressen wurde, schrie sie stumm. Violette wollte sie beruhigen, aber ihre Stimme war aus ihrer Kehle verschwunden, ihre Zunge klebte am Gaumen. Langsam bekam die Puppe Risse. Am Ende blieb auf ihrer Bettdecke nur ein Haufen wimmelnder Maden zurück.

Violette fuhr aus dem Schlaf und sprang unwillkürlich aus dem Bett, als sie dicht neben ihrem Gesicht den kleinen, braunen, heilen Körper sah. Sie ging fort, um ein Glas Wasser zu trinken, und zum ersten Mal seit langer Zeit trauerte sie um ihre Mutter. Wäre sie noch dagewesen, dann hätte sie ihr diesen Traum deuten können, so leicht verständlich, als stünde er in einem Buch. Das war ihre Begabung. Violette hatte kein vergleichbares Talent, aber sie war scharfsinnig genug, um zu erkennen, daß dieser Traum nicht krankhaft war, auch wenn es den Anschein hatte. Mit kühlem Kopf nahm sie die Puppe und wickelte sie in eine alte Zeitung, bevor sie sie unter einem Schrank verstaute. Sie wußte, daß die Zeit ihr die Zeichen schon deuten würde. Im Augenblick genügte es, die Traumwelt von der wachen Welt zu scheiden, so wie Tag und Nacht durch den Sonnenaufgang voneinander getrennt sind; für diesen Zweck reichte ein Blatt Papier bei weitem aus.

Mit dem Schwamm in der einen Hand, dem Staubtuch in der anderen, einer Flasche Sanitärreiniger in der Schürzentasche, machte sie sich daran, wie besessen ihr

Haus aufzuräumen. Sie riß alle Fenster auf, sie glaubte, am Meer zu sein. Als der kleine Zeiger ihrer Wanduhr auf neun sprang, errötete sie. Sie fragte sich, ob Émile sie wohl duzen würde, wie im Kino: Zuerst küßt man und dann duzt man sich. Sie wußte nicht, wie ihr das gelingen sollte. Er war so viel älter als sie, so viel klüger. Liebe ich ihn? fragte sie sich. Erneut errötete sie und putzte noch wilder, ein Küchenhandtuch klemmte unter ihrem Kinn, ein Scheuertuch lag zu ihren Füßen. Er kam zu spät, ihr blieb gerade noch Zeit, ihre Arbeit zu beenden. Nicht eine Sekunde dachte sie daran, sich selbst herauszuputzen; wenn ein Mann eine Frau liebt, dann liebt er sie auch in einer Schürze, mit struppigen Haaren, nackten Füßen in Pantoffeln – davon war sie überzeugt. Man schließt sie in die Arme und zieht sie aus, während man sie zum Sofa oder zum Bett drängt, ganz egal, was sie anhat. Manchmal wirft man sie auch zu Boden, am nächsten Tag hat sie nicht einmal einen blauen Fleck. Oder man drückt sie gegen eine Wand, aber Violette nahm nicht an, daß Hortchak ihr derartiges zumuten würde. Der Mann behält sein Hemd an und manchmal auch seine Socken. Hätte Violette die Wahl gehabt, sie hätte einen barfüßigen Liebhaber bevorzugt. Man schließt die Augen, wenn man will, kann man auch die Vorhänge zuziehen und das Licht löschen. Man wird zum Tier, man läßt sich zu Gesten hinreißen und stößt Laute aus, wie man es niemals zuvor getan hat.

Als sie im Badezimmer ihrem Spiegelbild begegnete, wurde Violette bewußt, daß sie im Grunde nicht die geringste Vorstellung davon hatte, was sie erwartete. Sie hatte schon seit so langer Zeit mit keinem Mann mehr geschlafen, daß sie zwischen den Szenen, die sie im Kino gesehen hatte, und denen, die sie selber gern erlebt hätte, nicht mehr unterscheiden konnte. Das bin nicht ich, sagte sie sich. Ich bin eine Prinzessin. Ich lasse meine Augen geöffnet, man trägt mich auf Händen, man bedeckt mich von den Zehen bis zur Nasenspitze mit Küssen, man streut Rosenblätter auf meinen Körper, dann bläst man sie eins nach dem anderen fort, danach, ich weiß nicht, kennt man seinen eigenen Namen nicht mehr, und irgend etwas droht zu kippen – das Bett, die Erde, der Himmel. Man gibt sich hin, keiner gewinnt, nach einer Weile weiß man nicht mehr, wer in wem ist und was wo aufhört. Ja, daran, an diese Verwirrung, erinnerte sie sich.

Zum erstenmal seit drei Monaten kam Émile an diesem Tag nicht.

Gegen zehn Uhr ging Violette, mit dem Spaten unter dem Arm, in den Garten hinaus. Sie grub ein zweimal zwei Meter großes Stück Erde um. Der Schnee war zum Teil geschmolzen; die gestern noch saubere Straße war grau und matschig geworden. Bei der Arbeit wärmte ihr die Sonne den Rücken. Sie zwang sich, an nichts zu denken. Hätte sie ein Loch graben und sich darin verstecken können, sie hätte es getan. Weil das nicht möglich war, beschloß sie, einige Geranien, die im Schuppen auf den Frühling warteten, aus ihren Töpfen zu nehmen. Die Jahreszeit war nicht danach, sie würden erfrieren. Pech für sie! Sie hatte ja wohl noch das

Recht, einige Blumen umzubringen. Der Gärtner aus dem Hospital Berthollet, Ourson, beging nie einen Fehler. »Alle sagen, ich hätte einen grünen Daumen«, hatte er ihr eines Tages anvertraut, »das stimmt nicht. Meine Hände haben mit den Pflanzen nichts zu tun. Die Blumen wachsen, weil ich die Regeln kenne und achte. Jeder Blödmann kann auf seinem Balkon eine Miniaturausgabe der Versailler Gärten anlegen, wenn er nur tut, was man ihm sagt. Das ist keine Kunst. Man muß sich an die Naturgesetze halten.« Violette hatte wohl gespürt, daß sie aus seinen Worten eine Lehre ziehen könnte, eine Art Moral der Geschichte, die sie sich, so hoffte der Gärtner, zunutze machen würde. Aber sie hatte sie nicht verstanden und nur die Hand an die Stirn gepreßt, um Erkenntnis vorzutäuschen. Als sie das Stück Erde umgrub, meinte sie zu begreifen, was ihr einige Monate zuvor entgangen war. Verstößt man gegen bestimmte Gesetze, dann kommt die Zerstörung von allein in Gang, ohne daß man auch nur einen Finger krumm machen muß. In solchen Fällen gibt es kein Opfer und keinen Schuldigen; man beklagt sein Pech, und schon hat man sich nichts vorzuwerfen. Sie steckte das mit Erde vermischte Wurzelbündel in ein Loch, das sie mit der Hand gegraben hatte, und dachte daran, wie unglaublich leicht es war, zu töten. Außerdem dachte sie, daß die Beerdigung der Geranien nicht der einzige Irrtum war, den sie während der vergangenen vierundzwanzig Stunden begangen hatte.

11

Nicht mehr am Leben zu sein, hat gewisse Nachteile. Aber es hat auch Vorteile. Oft hatte Sonja sich vorgestellt, was nach ihrem Tod geschehen würde: Wie ihre Seele sich aus ihrem Körper erheben, wie ein großes, weißes Licht sie erfassen, wie sie geradewegs zum Himmel aufsteigen würde. Sie hatte sich vorgenommen, über ihre Lieben zu wachen. Ohne die Beerdigung abzuwarten, würde sie jedem ihrer Kinder einen Besuch abstatten, um sich zu vergewissern, daß es ihnen gutginge. Mit ihren unsichtbaren Händen würde sie ihre Tränen auffangen, von ihrer Stirn den Kummer über den Verlust vertreiben. Zweifellos würde sie auch einige Zeit in ihrem ehemaligen Haus umherschweben müssen, um es in Ordnung zu halten, um dort einen magischen Hauch wehen zu lassen, eine Art Elixier des Vergessens, das Dan helfen sollte zu ertragen, daß sie nicht mehr da war.

Als sie sich aber neben der Kochnische von Gabriel Schwartz' Wohnung wiederfand, beim gutaussehenden Studenten ihres Mannes, verstand sie, daß der Allmächtige andere Pläne mit ihr hatte. Hätte man ihr gesagt, daß das Paradies nicht mehr als eine gekachelte Arbeitsplatte, eine Edelstahlspüle und ein kleiner Backofen ist, die dichtgedrängt in der Ecke eines bewundernswert ordentlichen Zimmers standen, wo sich ein junger Mann und eine junge Frau leise unterhielten, dann hätte sie mit dem Sterben vielleicht nicht so lange gewartet. Nach einer Weile mußte sie die neuen Umstände zur Kenntnis nehmen: Sie sah das Innerste der Dinge und Körper ebenso deutlich wie deren äußere Gestalt, sie nahm Gedanken, Zweifel und Träume wahr, als wären es die eigenen. Sie sagte sich, daß es doch sehr angenehm sei, endlich zu wissen, wer Gott ist, und war im selben Augenblick erstaunt, daß sie über jede Blasphemie erhaben war. Gern hätte sie in die Hände geklatscht, doch das war der erste einer ganzen Reihe von Nachteilen: Sie hatte keine mehr.

Gabriel und Harriet saßen einige Meter voneinander entfernt im Dämmerlicht auf dem Boden. Wortlos sahen sie sich an, neugierig wie Tiere, die noch nie ein menschliches Lebewesen gesehen haben. Sie hatten viel Kaffee getrunken, und Gabriel hatte Herzschmerzen. Harriet mußte auf die Toilette, aber wagte nicht zu fragen, wo sie sich befand. Unaufhörlich änderte sie ihre Haltung, in der Hoffnung, daß ihre volle Blase sie dann nicht mehr quälen würde. Auch ihre Brüste schmerzten, aber das hatte nichts damit zu tun. Sie waren in Erwartung erstarrt. Gabriel spielte mit seinen Händen. Mit seinen langen, beweglichen Fingern konnte er alles reparieren. Er wäre der König der Pfadfinder geworden, hätte sein Großvater ihm nur erlaubt, sich bei diesen kleinen, in khakifarbene Uniformen gekleideten Jungen einzureihen, die jeden Mittwoch nachmittag die Stadt durchstreiften. Sie sahen so tüchtig aus, sogar wenn sie in Achtergrüppchen mit der Metro fuhren, in Begleitung ihres Anführers, der entschieden weniger tüchtig aussah und den Mädchen gern an den Po gefaßt hätte, hätte er nicht befürchten müssen, ein schlechtes Vorbild abzugeben und seine religiöse Berufung zu gefährden.

»Als ich klein war, habe ich Flugzeuge gebaut«, sagte Gabriel. »Wir hatten nicht genug Geld, um Modelle zu kaufen, also nahm ich dazu Holzstücke, die ich auf der Straße fand.«

»Ich habe meinen Puppen Kleider genäht«, erwiderte Harriet, »aber ich vergaß immer, einen Knopf oder einen anderen Verschluß anzubringen, also konnte man die Kleider nicht mehr ausziehen, wenn ich sie fertiggenäht hatte.« Sie lachte, und Gabriel fragte sich, ob ihr Kostüm wohl denselben Fehler hatte.

»In unserem Hof gab es ein kleines Mädchen, das fünf Barbies hatte«, sagte er. »Ich habe ihr ein fünfstöckiges Haus gebaut, für jede Puppe ein Stockwerk. Aber sie wollte nicht damit spielen, weil Barbies nicht in Häusern wohnten, sagte sie. Sie hätten entweder einen Wohnwagen oder ein Schwimmbad.«

»Warst du in sie verliebt?« fragte Harriet.

Gabriel nickte mehrmals; Harriet spürte, wie ihr das Herz schwer wurde. Sie stand auf, und Gabriel zeigte ihr eine Tür neben dem Bücherregal. Sie lächelte und bat innerlich darum, daß das Badezimmer schalldicht wäre.

»Ich werde abwaschen«, sagte er, um sie zu beruhigen.

Während er die Tassen spülte, fragte er sich, ob es wohl angebracht sei, eine davon zu zerschlagen. Harriet ließ sich Zeit, er wußte, daß der Lärm sie vielleicht aus einer mißlichen Lage retten könnte.

In diesem Moment öffnete sich die Badezimmertür, sein Denken setzte aus. Mit drei großen Schritten eilte er durchs Zimmer, griff nach Harriets Handgelenken und küßte sie lange. Immer wenn er aus der Schule zurückkam, hatte er Durst gehabt. Wenn sein Großvater ihn fragte, warum er nichts getrunken habe, bevor er von der Schule aufgebrochen war, dann antwortete er, daß er während des Unterrichts nie durstig gewesen sei. Vor der Spüle leerte er drei Gläser nacheinander und dachte jedesmal, er sei knapp dem Tod entronnen. Er konnte die Luft anhalten wie ein professioneller Taucher, er war in jeder Hinsicht ein Muster der Askese. Aber als er jetzt fühlte, wie Harriet ihre Hände aus seinem Griff befreite und seinen Rücken herauf- und herunterstrich, fragte er sich, ob die Abstinenz wohl in allen Bereichen zu einem ähnlich guten Ergebnis geführt hatte. Mit Gewißheit wußte er, daß die erfahrenen Männer den anderen einiges voraushatten, und er ärgerte sich, weil ihm plötzlich klar wurde, daß er den Nebensachen des Lebens mehr Zeit hätte widmen sollen. Er war nicht wie Michel, der die jungen Pfadfinder in seinem Viertel beaufsichtigte und den Spitznamen Flüchtiger Gepard trug, ein rotwangiger und in der Liebe noch völlig unerfahrener Junge. Einige Mädchen hatten ihn auf ihre behelfsmäßigen Matratzenlager gezogen; er fand zu Recht, daß diese Abenteuer ihn weit aus der Menge der zurückgebliebenen Heranwachsenden heraushoben. Seine Ehre kratzte das nicht an: Er hatte dafür gesorgt, seine Unschuld hinter aufgesetzter Arroganz zu verstecken, die ihm den Ruf eines gefährlichen Frauenhelden eingebracht hatte. Doch Sonja ließ sich nichts vormachen. Noch einmal beglückwünschte sie sich selbst, in ein so erbauliches Paradies verschlagen worden zu sein, in ein Jenseits, wo man erfuhr, daß unverschämte, hübsche Jungen nichts so sehr fürchten wie die Liebe.

Plötzlich überfiel sie Traurigkeit. Sie wußte, daß sie sich verloren hatte. Sie war nicht mehr Dans Frau, nicht mehr die Mutter ihrer Kinder, nicht mehr die fromme Sonja, sie war vielmehr ein herzloser Engel geworden, sanft, aber herzlos, ohne Nerven, um Gefühle zu empfinden. Undeutlich erinnerte sie sich, daß sie sich zu ihren Lebzeiten das Gesicht verhüllt hätte und geflohen wäre, wenn sie Zeugin einer solchen Szene geworden wäre. Sie zwang sich, diese Empfindung zu bewahren, sie hielt daran fest wie ein ertrinkendes Kätzchen, das die Krallen in das bewegte Wasser schlägt, weil es hofft, so wieder an die Oberfläche zu kommen. Einen Augenblick später hatte sie diese Erinnerung schon wieder vergessen und neigte sich zu Harriets Ohr, um ihr Liebesworte einzuflüstern.

»Du bist so süß, so süß«, murmelte Harriet in Gabriels Nacken. Er schloß sie in seine Arme und sog den Geruch ihrer Haare ein. Ihr Farnkrautduft berauschte ihn, er ließ sich kurzatmig, mit halbgeöffneten Lippen und zitternden Händen auf den Boden zurückfallen.

Harriet setzte sich neben ihn, lehnte den Rücken an die Wand. Hatte sie etwas Dummes gesagt?

»Das ist zu heftig für mich«, sagte er.

Sie verstand ihn nicht.

»Ich bin das nicht gewohnt.«

»Wie alt bist du?« fragte Harriet mit ihrem breitesten Akzent.

»Fünfundzwanzig«, sagte Gabriel errötend.

»Uh la la«, rief Harriet und fügte hinzu: »*You are so young.*«

»Ich weiß«, sagte Gabriel, »ich bin immer zu jung gewesen.«

»Aber das will nichts heißen«, antwortete Harriet.

»Doch.«

»Also, was heißt das?«

Gabriel schüttelte den Kopf. Er wußte nicht, wie er ihr erklären sollte, daß er nie am rechten Platz gewesen war. Es wird oft gesagt, daß die Alten am Ende ihres Lebens wieder zu Kindern werden und der Altersstumpfsinn nur verwandelte kindliche Unschuld ist. In Gabriels Augen verhielt es sich ganz anders. Um ein würdiger Gefährte seines Großvaters zu werden, hatte er sehr früh gelernt, Gesten und Haltungen nachzuahmen, deren Ausführung sein kindlicher Körper hätte verweigern sollen. Immer hatte er ordentlich bei Tisch gesessen; er hatte gelernt, einen Schlips zu binden, bevor er wußte, wie man Kinder zeugt.

Harriet strich ihm mit der Hand durchs Haar, was ihn schrecklich ärgerte.

Sonja nahm Harriet bei der Hand und führte die junge

Frau zur Tür. Sie empfahl ihr, nichts zu sagen, aber Harriet hörte nicht auf sie.

»Es ist nicht schlimm«, murmelte sie, als sie ihre Handtasche und ihren Mantel nahm.

Gabriel sprang auf, packte sie am Kragen.

»Wie, das ist nicht schlimm?« schrie er und machte dabei Harriets Akzent nach. »Meinst du nicht, daß du dich im Film geirrt hast?«

Die entsetzte Harriet rührte sich nicht.

»Das ist nicht schlimm!« fing er wieder an. Seine Stimme war ruhiger, aber er ließ sie nicht aus seiner Umklammerung. »Das sagt man zu Schlappschwänzen, meine Liebe. Schon hundertmal mußt du das zu irgendeinem fünfundfünfzigjährigen Fettwanst gesagt haben, der ein dickes Portemonnaie hat und anstelle des Pimmels eine tote Maus. Solche Knacker stehen auf Mädchen wie dich. Ist es nicht so? Und du besorgst es ihnen gut, ist es nicht so?«

Harriet weinte, aber sie war glücklich. Sie hatte bekommen, was sie wollte.

Gabriel vergewisserte sich, daß ihr Kostüm sich normal aufknöpfen ließ. Das Küchenfenster klapperte. Sonja flog weg; sie sagte sich, daß die modernen Frauen so modern nun auch wieder nicht waren.

Als Hortchak gegen Mittag an Violettes Tür klopfte, bekam er keine Antwort. Er ging um das Haus herum, um durchs Fenster zu sehen. Was wollte er überprüfen? Sie war nicht zu Hause. Er fuhr sich mit der Hand übers Gesicht, er fühlte, wie ihm die Tränen

in die Augen traten. Er dachte daran, wie Dan in seinem Salon vor einer Tasse Tee gesessen hatte. Sein Freund hatte einen Zuckerwürfel genommen und fest mit den Schneidezähnen darauf gebissen.
»Möchtest du, daß ich bei dir bleibe?« hatte Émile gefragt.
»Ja«, sagte Jabrowski, wobei der Zucker immer noch zwischen seinen Zähnen steckte. »Ich werde den Morgen abwarten, um die Kinder anzurufen.«
Seine Aussprache war undeutlich. »Was?« fragte Émile und hielt sich die zum Hörrohr geformte Hand ans Ohr.
Dan lachte auf, das Zuckerstück schmolz zwischen seinen Zähnen. Dann weinte er einige Minuten lang, während er das heiße Gebräu schlürfte.
Um sieben Uhr morgens begann er, seine Kinder der Reihenfolge ihres Alters nach anzurufen. Je mehr Kinder man hat, desto trauriger ist das Leben, dachte Émile. Aber nach dem sechsten Anruf schien Jabrowski sich beruhigt zu haben.
»Sie haben es gefaßt aufgenommen«, sagte er.
Émile wurde das Herz schwer.
»Irvin kommt sofort. Nitka fährt umgehend zum Flughafen. Ich habe ihr gesagt, sie soll Mann und Kinder zu Hause lassen, aber John will unbedingt mitkommen. Er hat sogar darauf bestanden, mir noch am Telefon zu sagen, daß er in Gedanken bei mir ist. Die Dicken sind sehr empfindsame Leute, hast du das schon bemerkt?«
Émile hatte unbehaglich gelächelt. Er verstand nicht,

von wem die Rede war. Er fühlte sich verloren, nickte aber trotzdem; dafür war er davon überzeugt, daß die Dünnen herzlos waren. Er selbst hatte kein Gramm Fett auf den Rippen, er wäre unfähig gewesen, etwas ähnlich Beruhigendes zu sagen. Er hatte es nicht einmal fertiggebracht, seinen Freund bei der Schulter zu nehmen, ihn an sich zu drücken.

»Ich lasse dich jetzt allein«, murmelte er, als Irvin an der Tür schellte.

Der große, bärtige junge Mann, dessen Augen genau denen Sonjas glichen, würdigte ihn kaum eines Blickes. Er stürzte auf seinen Vater zu, um ihn zu umarmen. Befangen, eifersüchtig und wütend hatte Émile sie in ihrer Umarmung zurückgelassen, ohne sich zu verabschieden.

Violette, schrieb er oben auf ein weißes Blatt, das er aus seiner Schreibtischschublade genommen hatte.

Violette. Ich schreibe nie Briefe. Ich bin es nicht gewohnt. Ich tue es ungern und weiß nicht, ob es mir gelingen wird. Aber ich muß mit Ihnen sprechen, und es gibt keinen anderen Weg. Ich habe bei Ihnen vorbeigeschaut, aber sie waren nicht zu Hause. Ich gebe zu, daß ich Ihnen das übelgenommen habe. Darf ich es wagen, Ihnen zu sagen, daß ich mir vorgestellt hatte, meinen Kopf auf ihre Knie zu legen, damit Sie mich trösten? Sie sind doch eine Trösterin, nicht wahr? Ich irre mich doch nicht?

Diese Nacht ist Jabrowskis Frau Sonja gestorben. Wir haben sie gemeinsam gefunden. Wir waren betrunken.

Nie zuvor habe ich eine Leiche gesehen, das wird Ihnen vielleicht merkwürdig erscheinen. Übrigens kommt mir das Wort Leiche *plötzlich furchtbar unpassend vor. Vorher habe ich das Wort, ohne nachzudenken, gebraucht, denn ich dachte – und man glaubt viel dummes Zeug, wenn man nicht nachdenkt –, daß ein Körper kein Körper mehr ist, wenn er tot ist. Das ist falsch. Sonja war immer noch Sonja, darum habe ich geweint. Es war schrecklich ungerecht, daß ihr Mund, der noch rot war, nicht mehr sprechen konnte. Auch wenn es Ihnen sicherlich deplaziert vorkommt, aber ich denke an Ihren Mund, und es bewegt mich zutiefst.*

Ich kann nicht sagen, daß ich irgend etwas verstanden hätte, als ich mit meinem Freund die Totenwache hielt. Ich würde es gern behaupten, aber es stimmt nicht. Fünf schreckliche Stunden habe ich damit verbracht, mir darüber klarzuwerden, daß ich ein Nichtsnutz bin. Aus einer solchen Erfahrung geht man nicht gestärkt hervor. Es ist vorher geschehen. Als er und ich sturzbetrunken die Straße entlangtorkelten. Das Leben war schön wie nie. Dennoch war ich so unglücklich, daß ich fast gestorben wäre, wenn der Tod nicht etwas so Ernstes und Einfaches wäre. Ich bin Ihnen untreu geworden. Ich habe an eine andere Frau gedacht. Ich könnte nicht sagen, ob ich wegen dieser Frau so unglücklich war oder ob das Leben mir ihretwegen so süß erschien.

Mir scheint, daß ich nach und nach alle meine Fähigkeiten verliere. Ich scherze nicht. Seit einigen Tagen oder Wochen bin ich von einer Art »Verfallskrank-

heit« befallen. Ich weiß nicht, worauf sie es abgesehen hat, ob sie tödlich verlaufen wird. Ich gebe zu, daß ich mich schrecklich fürchte vor den Alterskrankheiten, die einen in die Kindheit zurückstoßen. Immer, wenn jemand davon spricht, erröte ich. Ich weiß nicht, warum mich das so beunruhigt. Ich habe Angst. Angst vor so vielem, daß ich nicht weiß, womit ich anfangen soll. Wenn ich ein wenig darüber nachdenke, dann glaube ich, daß der tiefere Grund immer derselbe ist, wie auch immer die Gefahr im Einzelfall aussehen mag. Ich fürchte die Strafe. Das ist ein gräßliches Klischee, nicht wahr? Der alte Genießer, der zwischen der mystischen Krise und dem zweiten Frühling hin und her schwankt. Ich mag es nicht besonders, so gewöhnlich zu sein, es ist mir auch klar, daß das nicht die beste Methode ist, um Sie zu verführen. Aber wie soll ich Sie verführen? Mir scheint, daß Sie etwas Besonderes sind. Ich kann mir nicht vorstellen, wie ich Ihnen von Ihren Augen, Ihrer Haut, von Ihren kleinen zerbrechlichen Handgelenken sprechen könnte. Es kommt mir auch nicht in den Sinn, Ihnen etwas vorzuspielen: zerstreuter Gelehrter, der unglaublich brillant, reizend verträumt und zudem ungeschickt ist. (Handwerklich bin ich immer sehr geschickt gewesen, ich konnte mich immer überdurchschnittlich gut konzentrieren.) Ich habe keine Ahnung, was man tun muß, um Ihnen zu gefallen. Vielleicht sind Sie wie ein Kind, leicht verführbar, wenn man den richtigen Weg findet, unbarmherzig dem gegenüber, der vergebliche Versuche anstellt. Ich weiß nicht, was ich Ihnen sagen soll. Sie fehlen mir. Es gibt nichts hinzuzufügen. Sie fehlen mir. Sie fehlen mir um so mehr, als ich Sie niemals besitzen werde, denn ich habe Angst, Sie zu besitzen, weil ich im Augenblick unglaublich schwach bin, weil ich Ihnen einen Liebesbrief schreibe und Ihnen von einer anderen Frau erzähle, die ich geliebt habe, weil ich, während ich diese Worte schreibe, weiß, daß ich sie unbedingt suchen muß. Vielleicht ist sie tot. Aber irgendwo wartet ein kleiner Junge, den sein Großvater erzogen hat. Sie fehlen mir, Violette. Ich wage nicht, daran zu denken, was geschehen wäre, wenn Sie da gewesen wären, als ich heute morgen bei Ihnen angeklopft habe.

»AH, VIOLETTE, MEIN VEILCHEN!« rief der Personalchef von Fournier & Charmette, als er seine ehemalige Angestellte hereinkommen sah. »Sie bringen den Frühling zurück.«

Durch das Fenster warf er einen Blick auf den strahlend blauen Himmel und zeigte beim Lächeln all seine Zähne.

»Schließlich kommt ihr immer zurück«, sagte er, nachdem er sie mit einer Handbewegung aufgefordert hatte, sich zu setzen. »Ihr, die Frauen, wie es im Lied heißt. Na, hat sich die kleine Hepatitis in Luft aufgelöst? Sie sehen so aus, als wären Sie bei bester Gesundheit.«

»Es war keine Hepatitis«, erwiderte Violette und sah ihm gerade in die Augen.

Er näherte sich ihr und legte einen Finger auf die Lip-

pen. »Nichts verraten, ich habe alles geregelt«, flüsterte er.
Er stellte sich hinter ihrem Stuhl auf, stützte seine Hände auf die Rückenlehne.
»Zwei Dinge verzeiht ein Unternehmen nie, Mademoiselle Opass«, säuselte er zuckersüß. »Mutterschaftsurlaub und ... Sie verstehen, was ich sagen will. Ich habe mich immer für die Frauen geschlagen.« Er legte seine rechte Hand auf Violettes Schulter und knetete ihr das Schulterblatt.
»Ich verstehe Sie, meine Liebe. Ich habe Sie nicht entlassen. Ich habe mich nicht gerührt. Bei Krankmeldungen bin ich ein As. Sie haben uns gefehlt, grausam gefehlt. Patricia, ihre Vertretung, ist nicht halb so tüchtig wie Sie. Ich verhehle nicht, daß ich meinen Einfluß geltend machen mußte, damit Ihre Akte liegenblieb.«
Er kicherte und setzte sich Violette gegenüber auf den Schreibtisch.
»Zigarette gefällig?« fragte er und hielt ihr die Schachtel hin.
Violette schüttelte den Kopf.
»Harte Zeiten«, sagte er. Seine Miene verdüsterte sich plötzlich. »Die Veränderungen, die Konkurrenz. Ich werde Sie nicht mit Zahlen belästigen ...«
»Ich hätte gern einen Kaffee«, sagte Violette, um Zeit zu gewinnen.
Sie wußte wirklich nicht genau, was sie im Büro ihres ehemaligen Chefs suchte. Sie brauchte einige Minuten, um einen klaren Gedanken fassen zu können.
»Sie haben sich verändert, Violette ... Zum Guten,

ganz entschieden zum Guten. Was kann ich für Sie tun?«

Violette hatte nicht die geringste Vorstellung, was er für sie tun konnte. Sie nahm den Plastikbecher, den er ihr reichte, und bedankte sich lächelnd.

»Hören Sie zu«, sagte er, »hören Sie gut zu, Mademoiselle Opass. Ich habe Ihnen einen Vorschlag zu machen. Sie müssen mir absolute Diskretion zusichern. Ich glaube mich nicht zu irren, wenn ich Ihnen sage, daß die Stellung, die mir für Sie vorschwebt, äußerst interessant ist. Das Ausland ... unbekannte Länder entdecken. Die Globalisierung ist mehr als eine Notwendigkeit, sie ist eine Mission, eine Berufung ... und ich weiß, wem ich das sage ...«

Violette machte große Augen.

»Sie verstehen mich genau. Wer hat gesagt, daß die Frau die Zukunft des Mannes ist? Malraux, glaube ich. Passen Sie auf, ich werde noch weiter gehen, ich sage, daß die Frau die Zukunft der Welt ist. Die Frau ist flexibel, die Frau ist stark, die Frau ist wettbewerbsfähig, sie ist das zentrale Glied unser künftigen neuen Kommunikationspolitik. Violette!« rief er aus und drehte sich plötzlich um. »Ich werde keine Umschweife machen. Die europäische dritte Welt, sagt Ihnen das etwas? Die Öffnung zum zerfallenden Osten?«

Violette lächelte.

»Für die erste Zeit schlagen wir Ihnen eine kombinierte Stelle vor«, fuhr er fort und öffnete eine Akte. »Sekretariat, Personalverwaltung, Grundstücksverwaltung.«

»Ich bin nicht sicher, ob ich wieder anfangen möchte ...«, begann Violette. Er ließ sie nicht ausreden: »Sie haben völlig recht. Sie sollen nicht wieder anfangen, Sie sollen etwas Neues aufbauen.«

Und dann sprach er das Zauberwort aus, das »Sesam öffne dich«, den Namen, der Violette die Tränen in die Augen trieb, sogar wenn er französisch ausgesprochen wurde. Für ihn handelte es sich nur um irgendein expandierendes Dorf, irgendwo an der griechischen Küste, nahe der albanischen Grenze, ein zukünftiges Seebad, das zum Zentrum für Unternehmungen Richtung Kleinasien werden könnte. Sie ließ ihn nicht ausreden: »Ganz wie Sie wollen«, sagte sie. »Ich reise ab, sobald Sie mir ein Ticket geschickt haben.«

»Ich wußte, daß ich auf Sie zählen kann«, sagte er und begleitete sie zur Tür. Eine Hand lag auf ihrer Schulter und die andere auf ihrer Armbeuge. »Ich habe Sie erwartet, und ich habe recht behalten. Ich funktioniere nur durch den Instinkt. Nun noch etwas, bevor wir uns trennen.« Er hielt sie am Türrahmen zurück und preßte sein Knie gegen ihren Schenkel. »Das ist eine Neugründung, und wie bei jeder anderen Schöpfung auch muß man zu Opfern bereit sein – fragen Sie nur Rimbaud oder Baudelaire. Ich werde offen zu Ihnen sein, wir werden zunächst keine Auslandszuschläge zahlen können. Das ist hart, aber ...«

»Es ist mir egal«, sagte Violette. »Ich erwarte Ihre Post.« Sie machte sich von ihm los, indem sie ihm leicht den Ellbogen in den Magen rammte, und entkam mit klopfendem Herzen und weichen Knien zum Aufzug. Ihr Kinn zitterte. Sie war verwirrt und fühlte sich leicht wie ein frischverlobtes Mädchen. Würde Karmin sich an sie erinnern? Bei diesem Einfall lächelte sie. Auch das war ihr im Grunde egal. Sie sah die Horizontlinie der Bürogebäude und dahinter die rosigen kahlen Hügel, die zum Meer hin abfielen. Auf ihrem Gesicht spürte sie den Wind, der den Duft der Orangenblüten mitbrachte, sie erinnerte sich an die Zitronen, die an den Zweigen hingen und in der blauen Nacht wie Lämpchen leuchteten. Wohlgerüche von Gewürzen mischten sich mit dem Gestank von ranzigem Fleisch und stiegen ihr in die Nase, es kamen ihr Worte auf die Lippen, Worte, süßer als die von jungen Liebenden, Worte, die für ihren Mund geschaffen waren. Nie hätte sie aufhören dürfen, sie zu sprechen. Zum Ursprung zurückkehren, sagt man dazu. Für Violette bedeutete es einfach, daß das Spiel noch nicht aus war. Ein guter Engel hatte endlich beschlossen, sich ihrer anzunehmen.

Sonja lenkte die Hand des Personaldirektors von Fournier & Charmette zu dem Vertrag hin, der für Madame Opass bestimmt war, damit er seine Unterschrift daruntersetzte. Danach ging sie durch die Mauer und fand sich neben einer Taube wieder, die reichlich mitgenommen aussah. Sie erlaubte sich, ihr zu einer kleinen Reise in den Süden zu raten.

»Haben Sie meinen Brief gelesen?« fragte Émile, als er seiner Nachbarin die Tür öffnete.

Violette schüttelte den Kopf.

Was wollen Sie dann hier? dachte er. Er würde nicht

den Mut aufbringen, ihr alles zu sagen, was sie wissen mußte.

Violette drehte sich um sich selbst, das Zimmer in Augenschein nehmend. Große Bücherregale vom Boden bis zur Decke, Teppiche in Blau, Rot, Ocker und Grüntönen, davon einer aus Seide und zwei aus Wolle, ein Ledersofa, das an einen müden Elefanten erinnerte, Holzfiguren mit stehendem Glied oder spitzen bedrohlichen Brüsten, an den Wänden Bilder, die Jagdszenen oder gar nichts darstellten. Das Parkett duftete nach Bohnerwachs.

»Sie haben es sehr schön hier«, sagte Violette.

Émile lächelte unbehaglich.

»Sie sind nicht im Büro?« fragte sie.

»Sie haben es gewußt.«

»Wie bitte?«

»Sonst wären Sie nicht hier«, beharrte er und ertappte sich bei der Hoffnung, sie hätte ihn angelogen. Sicher hatte sie den Brief gelesen und hatte jetzt keine Lust, darüber zu sprechen.

»Ich bin gekommen, um Ihnen auf Wiedersehen zu sagen«, sagte sie und setzte sich vor dem Sofa auf den Boden. Sie stieß einen Seufzer aus und ließ ihren Kopf auf dem Leder hin und her rollen.

»Ich muß gespürt haben, daß Sie zu Hause sind. Eine Art Intuition. Schon lange habe ich nichts Ähnliches mehr gespürt. Als ob man wüßte, was sich hinter den Wänden verbirgt. Man weiß genau, was man zu tun hat, man muß nicht nachdenken. Verstehen Sie, was ich sagen möchte?«

»Ja«, sagte Émile und setzte sich neben sie. Er dachte: Beispielsweise weiß ich, daß ich im Begriff bin, Sie zu verlieren. Ich muß nicht nachdenken. Erst lachte, dann weinte er.

Violette nahm seine Hand und drückte sie an ihr Herz.

»Sonja ist tot«, sagte er mit gebrochener Stimme.

Sie nahm ihn in ihre Arme, wiegte ihn. Ich werde deine Wunden lecken, summte sie tonlos vor sich hin. Mein Speichel auf deiner Stirn, meine Zunge auf deinen Wangen, ich werde dich ganz einschmieren, ich werde dich geduldig einspeicheln, die Kuhmama leckt ihr kleines Kälbchen…

Die Tür, die bis dahin halb offen geblieben war, schlug heftig zu.

Violette, ich liebe Sie, dachte Hortchak. Sie hob den Kopf und erschauderte. Weinend würden sie miteinander schlafen. So zärtlich, daß einer im anderen einschlafen würde.

»Ich werde bald fortgehen«, sagte sie.

»Warum?« fragte Hortchak.

»Weil es so ist«, flüsterte Violette. »Beim Hereinkommen sagte ich Ihnen schon, daß ich Intuition habe. Ich weiß, daß ich sofort weggehen muß. Schon längst hätte ich das tun sollen. Ich habe immer gedacht, ich wäre eine Gefangene, ich weiß nicht genau wovon. Kennen Sie dieses Gefühl? Scheinbar hält uns nichts zurück, dennoch ist man wie gelähmt, man stellt sich vor, irgend etwas Schreckliches werde geschehen, wenn man sich auch nur einen Zentimeter bewegt.«

Hortchak legte seinen Arm um Violettes Schulter und drückte sie an sich.

»Ich glaube wohl«, fuhr sie nach einer Weile fort, »daß ich nur auf die Erlaubnis gewartet habe. Ich habe immer getan, was man mir gesagt hat. Ich bin es nicht gewohnt, Entscheidungen zu treffen. Ich bin so brav, daß ich bald am Bravsein gestorben wäre.«

Sie begann zu lachen; Hortchak schnürte es die Kehle zusammen. Er bedauerte, daß er ihr nicht befohlen hatte, ihn zu heiraten. Sie hätte es gehorsam getan, und er wäre es sofort leid geworden. Wie war es möglich, so unterwürfig und zugleich so unergründlich zu sein?

»Verstehen Sie, was ich Ihnen sage?« fragte sie.

»Was würde das ändern?« sagte er.

»Ich weiß nicht. Ich glaube, es würde mir Freude machen. Sie sind mein einziger Freund.«

Émile kniff den Mund zusammen.

»Ich habe so lange gewartet«, fuhr Violette fort. »Ich könnte nicht sagen, worauf ich gewartet habe. Ich glaube, deshalb konnte ich nicht fortgehen. Ich sagte mir, ich müßte dableiben für den Fall der Fälle.«

»Was haben Sie mit mir gemacht?« fragte Hortchak.

Violette zuckte mit den Achseln.

»Nichts«, antwortete sie. »Ich habe nie mit irgend jemandem etwas gemacht. Ich erinnere mich an einen Film, in dem der Held sagte: ›Dieses Biest hat mich verzaubert.‹«

Hortchak lachte. »Das muß ein Meisterwerk gewesen sein«, sagte er.

»Ich erinnere mich auch – und machen Sie sich nicht über mich lustig –«, fügte sie hastig hinzu, »daß ich mir, als ich das hörte, sagte: ›Mein Gott, so etwas würde mir nie passieren.‹ Tatsächlich wäre ich mit Freuden ein bezauberndes Biest gewesen.«

Als sie das sagte, errötete sie nicht, was Hortchak gänzlich aus der Fassung brachte.

»Ich glaube nicht«, sagte er zögernd. »Ich habe nie geglaubt, daß die Helden von Biestern verzaubert werden.«

»Sie lügen«, sagte Violette und kniete sich neben ihn hin. »So denken alle Männer.«

»Ich nicht«, sagte Hortchak. »Ich habe immer gewußt, daß die einzigen Wesen, die Männer verzaubern können ...«, er neigte sich zu ihr und flüsterte ihr ins Ohr: »... die Hexen sind.«

Violette lächelte und stand auf.

Sag ihr, daß du sie liebst, dachte Hortchak. Ich liebe dich, ich liebe dich, ich liebe dich, dachte er mit jedem Schritt, der sie der Tür näher brachte.

»Passen Sie gut auf sich auf«, rief sie schon von der Straße aus.

Hortchak sah zu, wie sie sich, die Hände in den Taschen, entfernte. Sie hatte ihn auf der Fußmatte festgebannt, er spürte, daß er sich keinen Millimeter mehr rühren konnte.

Als Harriet Hortchak einige Stunden später im Flur des Instituts über den Weg lief, zeigte sie sich beunruhigt, weil sie ihn am Morgen nicht gesehen hatte.

»Erinnern Sie sich an Jabrowski?« fragte er sie.

Harriet antwortete nicht.

»Aber natürlich, ich bin ja dumm«, redete er gleich weiter. »Seine Frau ist in der Nacht von Samstag auf Sonntag gestorben. Ich habe ihm Gesellschaft geleistet.«

Harriet legte die Hände auf ihre Wangen und schrie vor Entsetzen auf.

»Aber neulich abend war sie doch da. Und sie sah ...«

»Sie sah ziemlich schlecht aus«, sagte Hortchak.

»O Gott, wie furchtbar«, sagte Harriet und dachte, daß sie nicht mit Gabriel hätte schlafen dürfen. Es war abscheulich, so etwas zu tun, wenn zur selben Zeit ein anderer starb. Allerdings, wenn sie es recht bedachte, konnte man es nicht vermeiden. Überall und zu jeder Zeit starben Menschen.

»Wie geht es ihm?« fragte sie mit leicht zur Seite geneigtem Kopf.

»Gut, glaube ich«, antwortete Hortchak. »Seine Kinder sind bei ihm.«

»Woran ist sie gestorben?«

»An ... Ich weiß nicht«, sagte er. »Ich bin nicht sicher.«

»Krebs?« schlug sie vor.

»Ja, bestimmt«, erwiderte Hortchak erschöpft. Was konnte ihm das schon ausmachen. Was sollte es ändern.

»Man muß unbedingt etwas für die Beerdigung arrangieren«, sagte Harriet, die ihre Tüchtigkeit wiedererlangt hatte. »Als meine Mutter gestorben ist, haben sie in ihrer Dienststelle Geld gesammelt, davon konnten wir einen weißen Leichenwagen mit Vorhängen mieten. Die Leute haben geglaubt, daß es sich um eine Hochzeit handelte.«

»So etwas tun wir in Frankreich nicht«, schnitt Hortchak ihr trocken das Wort ab. »Beerdigungen sind eine Familienangelegenheit. Kümmern Sie sich lieber um Ihre eigenen Angelegenheiten«, fügte er hinzu und kniff ihr in den Po.

»Oh, God«, was waren diese Franzosen für schreckliche Machos. Harriet zitterte vom Kopf bis zu den Füßen. Niemals hätte sie geglaubt, daß es eine so anstrengende sportliche Übung sein könnte, mit einem von ihnen zu schlafen. Durch die ganze Wohnung hatten sie einander verfolgt, er hatte sie auf die Erde geworfen und auf den Armen getragen. Wie ein Schmied hatte er sie zusammengefaltet, er hatte sie auseinandergenommen und wieder Zentimeter für Zentimeter zusammengesetzt, jede Pore ihrer Haut trug seinen Abdruck. Immer, wenn sie an ihn dachte, lächelte sie unwillkürlich, und ihre Schenkel begannen zu zittern. *Love of my life,* so nannte sie ihn im stillen. Sie stellte sich vor, daß das Leben nie mehr wie vorher sein würde. Alles tat ihr ein bißchen weh, und in ihrem Rausch glaubte sie, daß dieser Schmerz ihr guttat, daß sie eine Heilige war, eine Märtyrerin der Liebe, daß der Körper nicht lügen konnte und ihr Leben endlich einen Sinn hatte.

Gabriel lag in seinem Zeitplan um eine Stunde zurück und kaute auf seinen Nägeln. Nachdem Harriet weggegangen war, hatte er alle Fenster geöffnet und ihr zugesehen, wie sie in der bläulichen Nacht entschwand, die von den rosafarbenen Lichtpunkten der Laternen erhellt wurde. Sie ging hüpfend; er verstand nicht, woher sie diese Energie nahm. Er fühlte sich erschöpft und leer. Es schien ihm, als habe er sich verloren. Er bereute, daß er sich ihr anvertraut hatte. Während er mit ihr sprach, spürte er, daß sie in Gedanken woanders war. Tausende und aber Tausende Zärtlichkeiten forderte sie von ihm und küßte ihn ohne Unterlaß überallhin. Sie war weich und dumm. Er ertappte sich dabei, daß er sie verachtete, und sogleich kehrte sich sein Haß gegen ihn selbst. Sie hatte ihm eine Falle gestellt, auf ihre ungeschlachte und tierische Art. Sie hatte ihm das Hirn aus Mund und Schwanz gesaugt und war damit verschwunden, hatte ihn allein gelassen – vor ihrer Ankunft war er nur einsam gewesen. Zweimal hatte sie geweint, zweimal mußte er sie trösten, sie erklärte, nicht mehr zu wissen, wer sie sei, und so hatte er ihr, zu ihrer Beruhigung, erklärt, er wisse es auch nicht.

Er hatte lange mit ihr gesprochen. Deine Mutter ist tot, meine auch. Aber bei mir ist das nicht alles, mein Vater ist noch vor meiner Geburt verschwunden. *Oh, God, how sad.* Ja, *very sad.* Seit Jahren bin ich ihm auf der Spur. *No? Yes.* Vor einigen Monaten habe ich ihn wiedergefunden. *How?* Das ist zu kompliziert zu erklären. *You must go and see him.* Ich bin zu ihm gegangen, ich habe ihn gesehen. Ich habe sogar mit ihm gesprochen. Es muß ihn sehr erschüttert haben. Nein, nicht wirklich. Ich habe ihm nichts gesagt. Vielleicht hätte ich es getan, doch dann habe ich dich gesehen und gefühlt, daß es nicht der Mühe wert war. Dann habe ich gesehen, daß er in eine Frau verliebt war, in eine kleine, brünette Frau, die einer afrikanischen Statue ähnelt. Für mich war kein Platz. *You're wrong*, ich bin sicher, daß es für ihn wichtig ist und für dich auch. Du kannst dein Leben nicht auf einer Lüge aufbauen, man muß klare Verhältnisse schaffen, man muß alles sagen. Ich weiß nicht. Sag mir alles. Sag's mir noch mal. Küß mich.

Es ist ihr egal, hatte er gedacht. Es ist allen egal, und sie haben alle recht. Nur die Mutter zählt. Aber dennoch, als Violette auf dem Fest erschienen war und Hortchak seine Hand auf ihre Schulter gelegt hatte, um sie auf die Wange zu küssen, hatte Gabriel diese Geste wiedererkannt. Sie waren fast gleich groß. Sie hatten dieselben Hände, auch dieselbe Angewohnheit, die rechte Schulter immer ein wenig vor die linke zu schieben. Es hatte ihn verblüfft, daß niemand sie enttarnt hatte. Die arme Harriet war wirklich ein Dummchen. Gabriel konnte genausogut zugeben, daß er gehofft hatte, sein Vater würde ihn erkennen. Es war zwar fünfundzwanzig Jahre zu spät, aber es hätte ihm genügt.

Er hatte die Faust in das Kopfkissen geschlagen, und sie war ihm ins Gesicht der jungen Frau ausgerutscht. Du tust mir weh, stöhnte sie. Noch mal, murmelte sie und bot ihm ihren schönen gebräunten Körper dar. Alles, was du willst, hatte Gabriel gedacht. Wenn Gott vom Himmel herabkäme und mich fragte, was ich mir am meisten auf der Welt wünsche, ich wüßte keine Antwort mehr.

Er setzte sich an seinen Schreibtisch und legte die Kassette ein, auf der er die Unterhaltung zwischen Jabrowski und Hortchak während des Institutsfestes aufgezeichnet hatte. Ihre Stimmen waren mit vielen störenden Geräuschen vermischt, dennoch gab er sich Mühe, in Émiles Intonation ein Zeichen zu erkennen, so etwas wie eine Botschaft, die sein Vater ihm heimlich übermittelt haben könnte. Er wußte auswendig, was auf jeder der fünfzehn Kassetten war, die auf dem Regal gegenüber seinem Schreibtisch standen. Sie hatten ihn nie enttäuscht. Die belangloseste Unterhaltung barg wahre Schätze, wenn man sich nur die Mühe machte, sie anzuhören. Doch dieses Mal wollte sich der Zauber nicht einstellen. Die beiden hatten Gemeinplätze ausgetauscht, die beharrlich verschlossen blieben. Wütend schaltete er seinen Computer an und begann zu schreiben.

Erinnern Sie sich an die traurige Irina? Sagt Ihnen Schwartz etwas? Das ist dumm, nicht wahr? Können Sie verstehen, wie bitter enttäuscht mein Großvater war? Haben Sie schon einmal allein mit einem kleinen Kind zusammengelebt, das ein Spielzeug haben will und das Sie damit zufriedenstellen, daß Sie ihm den Silberbecher seiner Mutter hinhalten, den sie zur Geburt geschenkt bekommen hatte? Möchten Sie wissen, wie viele Stunden der kleine Junge damit verbracht hat, die

Bodendielen zu zählen, die das Schlafzimmer vom Wohnzimmer trennten?

Gabriel las, was er geschrieben hatte, und löschte alles wieder. Jabrowski hatte nicht unrecht, er schrieb saumäßig schlecht, Worte würden ihm nicht helfen. Er legte sich auf den Fußboden und zählte die Stuckblumen, die um die Decke herum eine Girlande bildeten. Schon viele nur mit Zahlen angefüllte Stunden des Wartens hatte er so zugebracht, den Kopf leer, den Körper vergessen, nichts wissend von Hunger und Durst. Bohrend schmerzte die Migräne in seinen Schläfen. Er hatte furchtbare Wonneträume, Träume, in denen er die Rolle eines glücklichen Mannes spielte, der die Hand einer bewundernswerten Frau hielt.

12

VIOLETTE SASS AUF dem Badewannenrand und beobachtete, wie der Körper der Tonpuppe sich im wirbelnden Wasserstrom auflöste. In ihrer Faust schien Émiles Brief gegen ihre Haut zu pochen. Sie war so entschlossen und glücklich gewesen, weil sie endlich wußte, was sie zu tun hatte, wo ihr Platz war. Ein Bote hatte ihr am Nachmittag das Flugticket gebracht, und sie hatte es zwischen die beiden Reisetaschen, die sie bereits zu packen begonnen hatte, auf den Küchentisch gelegt. Sie zögerte, denn sie wußte nicht, was sie auf der anderen Seite des Meeres erwartete, während sie dank dieses verflixten Briefes wußte, was sie hier aufgab. Doch die Sache war im Grunde ganz einfach, sie mußte nur herausfinden, ob sie Hortchak liebte. Sie bedauerte, daß die Margeriten noch nicht blühten, ihre Blütenblätter hätte sie nicht umsonst gezupft. Aber nein, man durfte sich nicht umgarnen lassen. So dumm war sie auch nicht. Er wollte einen Sohn – das schrieb er deutlich genug. Und sie würde sich nicht damit zufriedengeben, die Kuh zu sein, die ihm sein kleines Kalb warf, sie hatte schon eins geboren.

Ihre Wangen brannten, ihr Magen verkrampfte und löste sich in einem fort. In ihrem Inneren war sie nicht überzeugt. Mit dem Duschstrahl trieb sie die letzten

Tonkrümel dem Abfluß zu; sie hielt den Brief unter das heiße Wasser, das dampfend aus dem Duschkopf floß. Die Tinte wurde herausgewaschen, blaue Bäche flossen den braunen hinterher. Schließlich löste sich auch das Papier auf. Als zwischen ihren Fingern nur noch wenige wassergetränkte Flocken übriggeblieben waren, fühlte Violette, daß sie gesiegt hatte. Sie schloß das Haus ab, hinterlegte die Schlüssel bei dem Notar, der sich schon immer um die Angelegenheiten ihrer Mutter gekümmert hatte, und stieg mit ihren beiden riesigen Taschen in den Bus. Als die Bremsen des Gefährts den altvertrauten Seufzer ausstießen, schloß sie, um die Tränen zurückzuhalten, die Augen. Kerzengerade saß sie da und ließ sich weit von den mit kleinen Häusern gesäumten Straßen fortbringen.

Gern hätte Émile in den Gesang der anderen eingestimmt, aber ihm waren die Worte schon zu lange entfallen. Die Melodie jedoch war ihm vertraut, so vertraut wie die Nationalhymne oder die Jingles der Fernsehwerbung. Diese Musik, die die Toten auf ihrem Weg begleitete, war Teil seines Lebens. Er stand rechts von Dan, der ihn unablässig mit dem Ellbogen anstieß. Hortchak war sich nicht sicher, ob sein Freund ihm vorwarf, daß er das Gebet nicht singen konnte, oder ob er ihn auf etwas aufmerksam machen wollte. War es das Stück Petersilie im Bart des Rabbiners? Sonjas jüngere Schwester mit den schönen schwarzen Augen? Das Holz, aus dem der Sarg gemacht war? Dan wiegte sich vor und zurück; seine Söhne, Schwiegersöhne,

Cousins und Neffen begleiteten ihn bei seinem Tanz. Auf der Suche nach einem bewegungslosen Körper hob Émile den Kopf. Neben den Frauen, die vom Schluchzen oder vor Kälte bebten, entdeckte er nur einen Bettler, der sich seinen schütteren Bart kratzte und auf das Ende der Trauerfeier wartete, um Almosen erbitten zu können, und zwei hochgewachsene junge Männer, die er ertappte, als sie sich gegenseitig etwas ins Ohr flüsterten und dabei lächelten. Beide trugen Sonnenbrillen, man hätte sie für Touristen halten können. Niemand schien an ihrer Anwesenheit, ihrem Aussehen oder ihrem Mangel an Würde Anstoß zu nehmen. Wer können sie sein? fragte sich Hortchak. Unter den wohlerzogenen Jugendlichen, die die Bewegungen ihrer Väter nachahmten, waren sicherlich einige, die innerlich beteten, daß man nicht ewig an diesem Grab verweilen, daß der Rabbiner sie nicht um ihre Verabredung oder den Kinobesuch bringen möge. Trotzdem nahmen sie es auf sich, Theater zu spielen.

Als das Gebet beendet war, zog der Rabbiner ein vierfach gefaltetes Blatt Papier aus seinem Ärmel, das ihm beinahe weggeflogen wäre, als er es ganz entfaltet hatte.

Gott, du bist mein Gott, den ich suche. Es dürstet meine Seele nach dir, mein ganzer Mensch verlangt nach dir aus trockenem, dürrem Land, wo kein Wasser ist. So schaue ich aus nach dir in deinem Heiligtum, wollte gerne sehen deine Macht und Herrlichkeit. Denn deine Güte ist besser als Leben; meine Lippen preisen dich. So will ich dich loben mein Leben lang und meine Hände in deinem Namen aufheben. Das ist meines Herzens Freude und Wonne …

Hortchak drehte sich um. Er wollte die beiden kichernden jungen Männer mit einem strengen Blick zum Schweigen bringen. Er hörte zu, wie der Rabbiner den Psalm Davids las, dann Sonjas Loblied anstimmte und in wenigen Sätzen die Hauptlinien ihres Lebens nachzeichnete. Er überraschte sich selbst dabei, wie er voller Neid an die Glückseligkeit im Jenseits dachte. Dabei hatte er sich immer diesem verführerischen Gerede verweigert, das die Lebenden davon zu überzeugen sucht, der Tod sei nur ein Übergang. Plötzlich kam ihm der Gedanke, daß Leben und Tod nur zwei verschiedene Seinsstufen sind, parallel gezeichnete Linien auf derselben Ebene. Es kam ihm so vor, als ob Sonja bei ihnen wäre, und als der Rabbiner auf Dans Wunsch eine Passage aus dem Lied der Lieder las, bewegten sich seine Lippen wie von selbst. Sicher betete er darum, daß Sonja von dort aus, wo sie jetzt war, diese letzte Ehrung mit anhören konnte.

Siehe, meine Freundin, du bist schön! Siehe, schön bist du! Deine Augen sind wie Taubenaugen hinter deinem Schleier. Dein Haar ist wie eine Herde Ziegen, die herabsteigen vom Gebirge Gilead. Deine Zähne sind wie eine Herde geschorener Schafe, die aus der Schwemme kommen; alle haben sie Zwillinge, und keines unter ihnen ist unfruchtbar. Deine Lippen sind wie eine scharlachfarbene Schnur, und dein Mund ist lieblich. Deine Schläfen sind wie die Scheibe vom Granatapfel. Dein Hals ist wie der Turm Davids, mit Brustwehr ge-

baut, an der tausend Schilde hangen, lauter Schilde der Starken. Deine Brüste sind wie junge Zwillinge von Gazellen, die unter Lilien weiden.

Dan stieß seinem Freund den Ellbogen noch heftiger als zuvor in die Rippen, und weil Émile nicht wußte, was er tun sollte, trat er ihn leicht gegen den Fußknöchel. Dan nickte, und Hortchak glaubte zu sehen, daß er lächelte. Der Rabbiner sagte zu ihnen, wie glücklich Sonja gewesen wäre, alle ihre Kinder versammelt zu sehen, ihre schönen und klugen Kinder. Dann sprach er davon, was für eine wundervolle Ehefrau und wie tapfer sie im Angesicht des Todes gewesen sei und wie unerschütterlich sie auf den Ewigen vertraut habe. Hortchak begann sich zu langweilen. Als er aus dem Augenwinkel einen der Kerle mit Sonnenbrille herzhaft gähnen sah, wußte er nicht, wie er reagieren sollte. Für Ansteckung war er immer schon sehr empfänglich gewesen; Krankheit, Gelächter und Gähnen konnte er nicht widerstehen. Er spürte, wie sein Gaumen sich hob, seine Zunge sich senkte. Es war unannehmbar, er mußte unbedingt einen Weg finden, um diesen Mechanismus zu stoppen. Er stand in der ersten Reihe; der Rabbiner sah ihm gerade in die Augen. Es war Dan, der ihn rettete. Mit einem erneuten Ellbogenstoß raubte er seinem Nachbarn die Luft und vertrieb jede Spur von Müdigkeit. Hortchak lächelte andeutungsweise, und der Rabbiner, der glaubte, in seinen Augen einen Funken des Verständnisses zu entdecken, machte ihm ein geheimnisvolles Zeichen. Er war ein kleiner ausgetrockneter Greis, der mit rollendem »r« sprach und häufig mit der Zunge gegen den Gaumen schnalzte, um seine Worte zu unterstreichen. Er war fröhlich, voller Humor. Wenn man ihm zuhörte und ihn ansah, konnte man fast vergessen, daß man bei einer Beerdigung war. Übrigens war er sich dessen bewußt und hatte seinen Zuhörern schon erklärt, daß er immer froh sei, wenn eine neue Seele ins Himmelreich eintrete, während die Angehörigen der Verstorbenen den Tod eines Körpers beweinten.

»Was Gott gegeben hat, das nimmt er auch«, sagte er halb lächelnd.

Ein Rabbiner ist eine Art Angestellter hinter den Schaltern der Bank Gottes, dachte Hortchak.

»Zum Schluß«, fuhr der Rabbiner fort, und Émile glaubte zu hören, wie ein Seufzer der Erleichterung durch die Menge ging, »zum Schluß werde ich mir erlauben, Ihnen eine kleine Anekdote über unsere vielgeliebte Schwester zu erzählen. Ich habe Sonja kennengelernt, als sie sechs Jahre alt war. Wir wohnten in derselben Straße. Ich war schon ein junger Mann, ein eifriger Student. Jedesmal, wenn ich auf dem Nachhauseweg an ihr vorbeiging, zog sie mich am Mantel und versteckte sich dann. Als sie ein junges Mädchen geworden war, hat sie dieses Spiel aufgegeben, und heute kann ich Ihnen gestehen, daß ich das jahrelang bedauert habe. Sonja hatte eine besondere Begabung für das Glück und die Freude, und diese Gabe erteilt der Herr nur denen, die in Frieden mit ihm leben. Wenn Sonja einen neckte, dann hörte man in ihrem Gelächter die Engel singen. Sie war ein wunderbares kleines Mädchen, mit roten Wangen und schelmischen Augen.«

Jetzt empfing Émile einen solchen Puff in seine Rippen, daß er sich leicht zu Dan hinüberneigte, um zu erfahren, was in ihn gefahren sei. Er sah, wie zwei dicke Tränen von seinen Wangen tropften und auf dem Kies zerplatzten.

»Die Zeit verging. Sonja zog um. Ich wurde Rabbiner. Ich erfuhr, daß sie geheiratet hatte. Schließlich erzählte man mir, daß das junge Paar in die Nähe der Synagoge gezogen war. Ich habe auf ihren Besuch gewartet. Daß sie kommen würde, wußte ich. Ich war nicht in sie verliebt, Gott soll die Lästermäuler zum Schweigen bringen. Ich wollte sie nur wiedersehen, sehen, was für eine Frau sie geworden war. Eines Morgens hat sie sich bei mir eingefunden. Sie war dieselbe geblieben, mit ihren roten Wangen und ihren schwarzen Augen, die sich überall umblickten; dieselbe Gestalt, dasselbe Lächeln. Sie setzte sich hin und begann etwas zu stammeln. Sie wußte nicht, wie sie sich ausdrücken sollte, sie redete um den heißen Brei herum. Ich meinerseits begann unruhig zu werden, ich sagte mir, daß es mit ihr vielleicht eine schlechte Wendung genommen habe. Ich habe genug kecke, jungverheiratete Frauen gesehen, die zu mir kamen, um die Scheidung zu verlangen, wobei sie einen großen Wirbel machten. Nicht so Sonja. Als sie schließlich reden konnte, hat sie mir einfach gesagt – es ist schlimm, daß ich ihre Worte nicht mehr genau weiß, aber ich höre ihre Stimme, so klar, als wäre sie mitten unter uns –, sie sagte mir, daß sie ihren Mann zu sehr lieben würde, daß sie sich Tag und Nacht an ihn schmiegen würde, wenn sie nur könnte. Innerlich habe

ich gelacht, doch ich habe mir nichts anmerken lassen. Ich habe sie streng angeschaut, sie am Arm genommen und zur Tür gebracht, wobei ich ihr sagte, ich hätte mit anderen Leuten noch ganz andere Hühnchen zu rupfen. Jetzt war ich es, der sie neckte. Ich habe sie hinausgeworfen und ihr erklärt, daß sie sich die Tracht Prügel von ihrem Mann holen sollte, falls es das war, was sie wollte. Jetzt also frage ich dich, ihren Gemahl Dan Jabrowski: Hat sie ihre Tracht Prügel bekommen?«
Dan brach in Tränen aus, der Rabbiner lächelte und gab den Totengräbern mit erhobenem Arm das Zeichen, den Leichnam in die Grube hinabzulassen. Émile drehte sich um und sah, wie die beiden sonnenbebrillten Männer, die getuschelt hatten, auf den Sarg zugingen.
Familie und Freunde warteten im Gänsemarsch darauf, Sonjas Gatten und ihren Kindern ihr Beileid aussprechen zu können. Man trat von einem Bein auf das andere, trat dem Vordermann in die Hacken und entschuldigte sich lächelnd. Die Alten stützten sich auf den Arm der Jungen und verfluchten ihre Krampfadern, die Steinchen in ihren Schuhen und den Wind, der ihre Schals fortriß. Hortchak schwamm im Strom mit und neigte den Kopf etwas zur Seite, um seinen Freund sehen zu können. Gern hätte er gewußt, was er ihm sagen sollte, irgend etwas Gutes, einen würdigen Satz, der ihm Mut zugesprochen hätte. Er war auf diesen Rabbiner mit den listigen Augen eifersüchtig, der die Seelen seiner Zuhörer so gut zurechtkneten konnte. Es waren jetzt nur noch rund zehn Personen am Grab,

und Émile konnte hören, was einige Meter vor ihm gemurmelt wurde. Als er bei Dan angelangt war, öffnete er den Mund, aber sein Freund ließ ihn nicht zu Wort kommen. Er drückte ihn an die Brust und rieb seinen Dreitagebart an Émiles Hals. Als er ihn umarmte, durchlief seinen Körper plötzlich ein Stöhnen, und er winkelte seine Ellbogen ab wie ein Hühnchen seine Flügel. Hortchak nahm seine Arme und drückte sie fest. Dan lächelte Émile an, bevor er ihm ins Ohr flüsterte: »Vergiß nicht, dir, bevor du gehst, am Brunnen die Hände zu waschen. Du darfst den Friedhofsstaub nicht mit in dein Haus bringen.«

Hortchak drückte all den verheulten jungen Männern, all den ungeschminkten jungen Frauen die Hand und strebte mit flinken Schritten dem Ausgang zu.

Gabriel erwartete ihn neben dem Brunnen. Hortchak rempelte den jungen Mann im Vorübergehen an und entschuldigte sich. Er hatte ihn schon irgendwo gesehen. Sein Gesicht war ihm unglaublich vertraut. Als der Wasserstrahl versiegt war, sah er seine tropfenden Hände an und fragte sich, warum man nicht für ein Handtuch gesorgt hatte. Gerade wollte er sie an seiner Hose abtrocknen, als Gabriel ihn unterbrach.

»Das dürfen Sie nicht«, sagte er. »Ihre Hände werden von allein trocknen. Das ist so.«

Hortchak sah auf und lächelte. Er kannte diese Stimme.

»Was tun Sie hier?« fragte er Gabriel. »Kommen Sie nicht etwas spät?«

»Ich glaube nicht«, erwiderte Gabriel ruhig.

»Waren Sie bei der Beerdigung dabei?« fragte Émile. »Ich glaube, ich habe Sie nicht gesehen.«

»Aus der Ferne«, antwortete Gabriel. »Ich habe sie nicht sehr gut gekannt.«

»Ich auch nicht«, sagte Hortchak. »Ich glaube, sie war eine außergewöhnliche Frau.«

»Fällt Ihnen nichts anderes dazu ein?« Gabriel kicherte.

»Verzeihen Sie bitte.«

Hortchak ging um den jungen Mann herum und entfernte sich hastig, ohne sich noch einmal umzusehen. Hinter seinem Rücken hörte er den Kies knirschen.

»Warten Sie!« sagte Gabriel. »Entschuldigung, warten Sie!«

»Was ist denn nun los?« fragte Hortchak wütend. »Was wollen Sie von mir? Glauben Sie wirklich, daß das hier der rechte Ort ist, um über berufliche Dinge zu sprechen? Sie sind sehr begabt. Ich verspreche Ihnen, Sie werden alles bekommen, was Sie wollen, aber lassen Sie mich in Ruhe, ich bitte Sie!«

»Nein«, sagte Gabriel, »wir müssen ins Café gehen.«

Émile ging so schnell, wie er konnte, doch er kam außer Atem, während der große junge Mann auf seinen gelenkigen Füßen um ihn herumsprang.

»Ich wüßte nicht, warum ich mit Ihnen ins Café gehen sollte«, sagte Hortchak und rang nach Luft. »Sie gehen mir auf die Nerven mit ihrer Streberei. Ihnen hängt ja schon die Zunge aus dem Hals. Ich sage Ihnen, das gehört sich nicht.«

Gabriel ergriff Émiles Arm und nötigte ihn, stehenzubleiben. »Wenn man vom Friedhof kommt, muß man immer erst in ein Café gehen. Sie dürfen an ihren Schuhsohlen keinen Friedhofsstaub mit nach Hause bringen.«
»Was sind denn das für Geschichten!« schrie Hortchak auf. »Lassen Sie mich los, oder ich rufe um Hilfe. Sie sind krank, mein Junge.«
»Sehen sie mich an«, forderte Gabriel ihn auf. »Sehen Sie mich an.«
Hortchak seufzte und hob den Blick zu Gabriels Gesicht: seine türkisfarbenen Pupillen, seine blonden Locken, seine gerade Nase, seine etwas weiche Oberlippe, seine rechte Schulter, die er etwas vor die linke schob.

SONJA LIESS IHRE Kinder zurück und nahm eine Handvoll frische Erde mit. Als sie bei Émile angelangt war, nutzte sie einen Windstoß, um ihm den Staub in die Augen zu werfen. Die Tränen liefen ihm über die Wangen, und langsam hob er seine Hand, um Gabriels Gesicht zu berühren.
»Sie sind so jung«, sagte er.
Gabriel gab ihm mit dem Kopf ein Zeichen, und Hortchak folgte ihm ins Café.
Sonja fragte sich, ob sie sich einmischen sollte. Sie hätte gern ihren Vorgesetzten um Rat gefragt, wäre gern seinen Anordnungen gefolgt, doch merkwürdigerweise hatte der Allmächtige sich ihr noch nicht gezeigt, jedenfalls noch nicht offen. Sie schwebte zwischen den

Tassen umher und betrachtete die beiden Männer, die sich gegenübersaßen. Sie sagten nichts. Von Zeit zu Zeit kreuzten sich ihre Blicke. Hortchak hatte entsetzliche Magenschmerzen. Gabriels Herz flatterte. Er dachte an Harriet, die am Morgen mit all ihren Koffern bei ihm erschienen war. Er hatte nichts zu ihr gesagt. Er hatte ihr nicht gezeigt, wo sie ihre Sachen verstauen konnte. Sie zog die Tür hinter sich zu und machte sich ans Werk. Er setzte seine Arbeit fort, den Kopf hielt er über die Tastatur seines Computers gebeugt. Er hörte sie aufräumen, sortieren, aber sie machte dabei nicht mehr Lärm als die Maus, die mehr als ein Jahr auf dem Hängeboden in seinem Badezimmer gewohnt hatte. Manchmal wehte ihr Duft zu ihm herüber, und er konnte nicht anders, er mußte die Augen schließen. Nach einer Weile kehrte wieder Stille im Zimmer ein. Da drehte er sich zu ihr um und betrachtete versunken, wie sie an dem niedrigen Wohnzimmertisch saß, vor sich einen Stapel Papier, hinter dem Ohr einen roten Stift, in der Hand einen Füllfederhalter.

»Du bist schön«, sagte er zu ihr.

»Du auch«, antwortete sie.

Gabriel lachte und fragte sich, ob man jemanden lieben konnte, den man zugleich so lächerlich fand.

»Du bist dumm«, fügte er versuchsweise hinzu.

»Nicht dümmer als du selbst«, erwiderte sie und begann zu schreiben.

Er hatte auf die Uhr geschaut. Noch eineinviertel Stunden mußte er warten, bevor er über sie herfallen konnte.

Hortchak war müde. Seine Kniescheiben taten ihm weh. Jedes seiner Gelenke schien kurz davor, seinen Dienst zu versagen. Plötzlich fühlte er, daß er alt wurde. Das war es nicht, was er erhofft hatte. Er hatte den Rausch des Suchens auskosten, die Straßen durchstreifen und in der Zeit zurückreisen wollen, bis er seinen Körper nicht mehr gespürt hätte. Mit einem aus dem Gedächtnis gezeichneten Porträt Irinas in der Tasche wäre er umherspaziert; er hatte sich vorgestellt, wie er es fremden Leuten gezeigt hätte. Die Passanten hätten den Kopf geschüttelt, manche hätten das Papier gestreichelt und die Augen geschlossen, und für einen Moment glaubte Émile sie sagen zu hören: »Ja, ich erinnere mich, die kleine Tänzerin.« Er hätte Urlaub genommen, er wäre rund um die Welt gereist. Schließlich wäre er in Bangkok oder New York gelandet, die Schuhsohlen durchgelaufen vom Vagabundieren. Auf seinem Exodus wäre er frei gewesen.

»Ich wußte, daß es dich gibt«, sagte er schließlich zu Gabriel. »Ich habe es sehr früh erfahren. Eines Tages habe ich deine Mutter wiedergesehen. Es schneite. Sie stolperte über ihre Absätze. Wenn man sie von hinten sah, hätte man niemals geglaubt, daß sie einen so dikken Bauch haben konnte. Ich bin in die entgegengesetzte Richtung davongelaufen, so große Angst habe ich gehabt, daß sie sich umdrehen und mich entdecken könnte. Später habe ich nicht mehr daran gedacht. Ist das nicht schrecklich?«

»Ich weiß nicht«, sagte Gabriel. »Es steht mir nicht an, darüber zu urteilen. Es hat mich keine allzu große

Mühe gekostet, Sie zu finden. Es war sehr einfach. Es ist alles aufgeschrieben. Man muß nur lesen können.«

»Bist du enttäuscht?« fragte Hortchak. »Wie findest du mich?« fügte er hinzu und schaute zur Seite.

»Wir sehen uns ähnlich«, sagte Gabriel.

»Was willst du?« fragte Émile.

»Nichts«, sagte Gabriel. »Ich habe gelernt, mich mit dem zufriedenzugeben, was ich habe.«

»Bist du verheiratet? Hast du Kinder?« fragte Émile.

Gabriel stand auf und legte das abgezählte Geld auf den Tisch. Er lächelte und machte seinem alten Vater mit der Hand ein Zeichen. Hortchak wäre gern aufgestanden, um ihn zurückzuhalten, aber er fühlte sich angeschlagen. Als er die Münzen ansah, die auf der Resopalplatte schimmerten, spürte er, wie sein Herz sich zusammenschnürte.

ALS DAN DAS CAFÉ BETRAT, auf den Arm seiner Tochter gestützt und gefolgt von seiner ganzen Familie, winkte Émile ihn zu sich.

»Ich habe euch den besten Tisch reserviert«, sagte er.

Schnell begannen die jungen Leute ein Gespräch, sie redeten über alles und nichts, erzählten sich Neuigkeiten, lachten, wenn ihnen zum Lachen zumute war, und weinten, wenn ihnen die Tränen kamen. Émile und Dan schwiegen. Manchmal kreuzten sich ihre Blicke. Der Tod läßt die Zeit stillstehen, man versammelt sich auf dem Friedhof und denkt, man sollte öfter unter Bäumen spazierengehen. Hortchak wußte nicht mehr weiter, sein Verstand machte sich im Galopp davon. Er beobachtete die Gäste, die sich mit den Ellbogen auf den Tresen stützten, und fragte sich, was sie dort taten. Er hatte den Eindruck, daß er nicht mehr an der Welt teilhatte. Dachte er an Violette, dann quälten ihn Gewissensbisse, dachte er an Sonja, dann packte ihn das Entsetzen, dachte er an Gabriel, dann versank er in Ratlosigkeit. Er wußte nichts mehr, weder wo er hingehen noch was er tun sollte. Die Farben erschienen ihm zu grell, die Töne unharmonisch, die Sonne blendete ihn, Schwindel drehte ihm den Magen um. Er versuchte, sich an den Namen des Unternehmens zu erinnern, für das Violette gearbeitet hatte, – Fourchette & Prunier, Charmette & Laurier –, er würde ihr schreiben, er würde ihr nachreisen. Gern wäre er von irgend jemandem gerufen worden; ohne zu zögern, wäre er Sonja gefolgt, wenn sie die Stimme erhoben hätte. Aber sie hatte anderes zu tun.

Als Gabriels Grossvater ganz eingeschlafen war, war es nicht schwer, seine noch glühende Pfeife in den Papierkorb fallen zu lassen. Das Feuer entzündete sich langsam. Durch das halboffene Fenster schürte ein Frühlingswind den schwelenden Brand. Sonja erschien dem alten Mann im Traum und sagte ihm, daß er jetzt sterben werde. Sie spulte Rauchbänder in seine Nasenlöcher, schnürte ihm die Kehle zu, drückte einen Kuß auf seine Lider. Das Tischtuch verbrannte. Ein Stück Glut fiel auf den Teppich. Schwarzer Rauch erfüllte das Wohnzimmer. Sonja trieb einen Funken bis zu

Irinas Mädchenzimmer. Die Matratze fing fröhlich Feuer. Die Stofftiere seufzten kein einziges Mal. Die Vorhänge warfen einen goldenen Schein durch das Fenster. Die Rosenholzkommode krachte, schwitzte ihren Lack aus. Die Kleider flogen bis zur Decke auf und wirbelten im Glutwind umher. Das schwarze Schreibheft mit der roten Umrandung, in dem Irina ihr Abenteuer mit Hortchak aufgeschrieben hatte, war im Handumdrehen in Asche verwandelt. Es war nicht von Belang, Gabriel hatte alles gelesen.

Sonja wartete so lange, bis auch das im hintersten Winkel der untersten Schublade versteckte Briefbündel ein Opfer der Flammen wurde. Die Wahrheit ist immer am hartnäckigsten, dachte sie. Irinas runde und schnelle Schrift durfte keine Spur hinterlassen. Manche Geheimnisse müssen mit denen untergehen, die sie bewahrt haben. Gabriel war nicht Hortchaks Sohn. Er war einige Monate zu spät geboren. Verglichen mit der Ewigkeit, waren einige Monate ein Nichts; dort, wo Sonja jetzt war, konnte man das beurteilen.

Die Briefe waren an den Direktor des Kabaretts gerichtet, wo Irina zum Zeitpunkt ihrer Begegnung mit Hortchak gearbeitet hatte. Irina war schon seit zwei Jahren nicht mehr aufgetreten, als sie ihren ehemaligen Chef in einem ersten Brief fragte, was es Neues gebe. Zwei Briefe später eröffnete sie ihm, er sei der Vater ihres Kindes. Im fünften begann sie, ihn um Geld anzugehen. Die letzten Schreiben waren nichts weiter als Erpresserbriefe. Falls der Empfänger sich deswegen beunruhigt hatte, hätte er es zu Unrecht getan. Um ein solches

Verbrechen zum Erfolg zu führen, braucht es eine eiserne Gesundheit. Doch Irina siechte bereits seit Monaten dahin.

Eine grünliche Flamme sprang auf das Band über, das die Briefe bündelte. Dichter Rauch hüllte das glühende Paket ein, und Sonja berauschte sich an den beißenden Schwaden. Bald würde sie frei sein, spürte sie. Bald würde sie mit dem Äther verschmelzen und ihr neues Leben beginnen können, in den Träumen ihres Mannes und ihrer Kinder. Niemand wird betrogen sein, dachte sie, um vor sich selbst ihre letzte Tat als Schutzengel zu rechtfertigen. Der Theaterdirektor hatte zwei legitime Kinder, was hätte er mit einem zusätzlichen Bastard anfangen sollen? Und außerdem hatte Irina ihn nicht geliebt. Émile aber hätte sie ihr Herz geschenkt, wenn er geblieben und es ihr gelungen wäre, ihn fester an die Leine zu nehmen. Einige Monate hatte sie auf ihn gewartet, dann hatten Rachegelüste ihren Liebeskummer besiegt. Die Blätter verbrannten langsam, der knisternde Feuerball schlug wie ein Herz in der Nacht. Das Parkett bekam Risse, die Gasleitung platzte, und im Nu wurde die Eingangstür durch die Explosion herausgesprengt.

Die Nachbarn sprangen aus ihren Betten und liefen hinaus auf die Straße. Alle Katzen des Viertels ließen ihre Mülleimer im Stich, um das Schauspiel zu bestaunen. Feuer und Verwunderung leuchteten in ihren großen, flachen, grünen Augen. Harriet erschauderte in Gabriels Armen. Hortchak schlief ein und verschüttete dabei seinen Whisky auf dem Teppich. Jabrowski bewegte sich nicht. Er war erschöpft vom Kummer und träumte glücklich. Violette schaute durch die Bullaugen des Flugzeugs und meinte eine riesige rote Blume zu sehen, die zwischen den dunklen Dächern emporwuchs. Sie blinzelte mit den Augen. Einen Augenblick später sah sie nur noch schwarze und braune Felder, die ihrem Blick entschwanden, und einige wenige erleuchtete Fenster als orangefarbene oder silbrige Lichtpunkte in der Dunkelheit.

Während sie weiter in den endlosen Himmel vordrang, verlor sie langsam das Bewußtsein, und Erinnerung rötete ihre Wangen. Ihren Lippen entfloh ein Name, den Sonja im Vorbeifliegen mitnahm, bevor sie ins Jenseits entschwand.

Jeder glaubt, ein Geheimnis zu haben. Für die einen ist es Schmerz, für die anderen ist es Freude. Doch das ist ohne Belang, denn eines Tages wird eine gütige Hand sacht vom Himmel kommen und sie auflesen.

Metropolen

Metropolen der Welt – Schauplätze
für spannende, komische oder romantische Geschichten:
Lassen Sie sich entführen nach Berlin, Bombay,
London, Moskau, New York, Paris, Rom oder Wien!

Gabriel Barylli
Denn sie wissen, was sie tun
Roman
Fischer Taschenbuch Band 50381

Alain de Botton
Versuch über die Liebe
Roman
Fischer Taschenbuch Band 50382

Thomas Brussig
Helden wie wir
Roman
Fischer Taschenbuch Band 50383

Agnès Desarthe
Ein Geheimnis ohne Belang
Roman
Fischer Taschenbuch Band 50384

Josef Haslinger
Opernball
Roman
Fischer Taschenbuch Band 50385

Alexandra Marinina
Auf fremdem Terrain
Roman
Fischer Taschenbuch Band 50386

Rohinton Mistry
Das Gleichgewicht der Welt
Roman
Fischer Taschenbuch Band 50387

Jane Smiley
Mörder in Manhattan
Roman
Fischer Taschenbuch Band 50388

Fischer Taschenbuch Verlag

Anne Enright

So Fern Engel Sehen

Roman

Aus dem Englischen von Jürgen Schneider

Band 13781

Grace ist überzeugt, daß sie als Kind die Mondlandung im Fernsehen gesehen hat, schließlich haben *alle* die Mondlandung am Bildschirm verfolgt: die Leiter, der Fuß, der Staub ... Als ein Kollege ihr nachweist, daß sie das Ereignis nicht verfolgt haben kann, weil zu der Zeit in ihrem Stadtteil noch keine Fernsehanschlüsse verlegt worden waren, tut sie seine Behauptung schlichtweg als Lüge ab. Die Bilder gehören in ihre Erinnerung wie *Die Leute von der Shiloh Ranch*. Überhaupt können Fernsehen und Wirklichkeit wunderbare Konfusionen herbeiführen, zumal wenn sich ein fernsehblau schimmernder Engel noch dazugesellt.

Carol Anshaw

Aquamarin

Roman

Aus dem Amerikanischen von Ebba Drolshagen

Band 13594

Jesse Austin, die Favoritin im Finale über 100 m-Freistil, wird bei den Olympischen Spielen 1968 nur zweite, weil sie einen Augenblick lang mit den Gedanken bei der zarten erotischen Begegnung war, die sie am Vorabend mit ihrer Konkurrentin erlebte. Jesses Leben nach diesem entscheidenden Moment wird in drei verschiedenen Entwürfen erzählt – humorvoll und präzise in der Beobachtung der Frauenalltage zu Beginn der neunziger Jahre. Und wo man im wirklichen Leben einen einzigen Weg wählen muß, überlagern und ergänzen sich im Kopf des Lesers die möglichen Biographien dieser Frau und ergeben erst das vollständig »utopische« Bild ihrer Persönlichkeit. Als ob das wahre Leben in der Literatur stattfände.

»Es ist ein Vergnügen, Aquamarin zu lesen.« Village Voice

Fischer Taschenbuch Verlag

Marie Darrieussecq

Schweinerei

Roman

Aus dem Französischen von Frank Heibert

Band 13718

Eine junge Frau erzählt die unerhörte Geschichte von ihrer langsamen Verwandlung in eine Sau. Als Verkäuferin in einer Parfümerie, die tatsächlich aber ein Luxusbordell ist, muß sie die abwegigsten Wünsche ihrer Kunden befriedigen. Die Verderbtheit der Umgebung berührt aber nicht ihre Naivität, nur ihr Körper reagiert auf die Verrohung und verändert sich. Aus der strahlenden, fülligen, erotischen Frau wird allmählich eine Schweinsgestalt. Sie bekommt Appetit auf Äpfel und Gras, ihre Haut wird dick und borstig. Zunächst finden die Kunden Geschmack an dieser Metamorphose, doch die fortschreitende Verwandlung läßt sich bald nicht mehr verbergen. Sie kann sich in den Wald retten – nun ganz Schwein geworden –, wo sie glücklich mit einem Eber lebt.

Fischer Taschenbuch Verlag